当代作家精品

但惜夏日长

陶怡 著

民主与建设出版社

·北京·

图书在版编目（CIP）数据

但惜夏日长 / 陶怡著 . —北京：民主与建设出版
社，2021.7
ISBN 978-7-5139-3600-2

Ⅰ.①但… Ⅱ.①陶… Ⅲ.①散文集－中国－当代
Ⅳ.①I267

中国版本图书馆 CIP 数据核字（2021）第 118050 号

但惜夏日长
DAN XI XIARI CHANG

著　者	陶　怡	
责任编辑	周佩芳	
封面设计	陈　姝	
出版发行	民主与建设出版社有限责任公司	
电　话	（010）59417747　59419778	
社　址	北京市海淀区西三环中路 10 号望海楼 E 座 7 层	
邮　编	100142	
印　刷	三河市金元印装有限公司	
版　次	2021 年 8 月第 1 版	
印　次	2021 年 8 月第 1 次印刷	
开　本	710 毫米 × 1000 毫米　　1/16	
印　张	16	
字　数	230 千字	
书　号	ISBN 978-7-5139-3600-2	
定　价	72.00 元	

注：如有印、装质量问题，请与出版社联系。

序 自谈

回思 16 载，梅子青青时，南方小镇，秋收冬藏。

这是一本关于友谊，成长，心性，童年，情爱，生活美学，艺术创作的文集。岁月无常，一本书，一份回忆，用书写和文字的力量，慢慢修复心里的疲惫和创伤。看似平凡的琐碎，却蕴含着细水长流的温暖，想用文字把这样的细碎暖意延续下去，等以后老了再慢慢读。

我的敏感与生俱来，我喜欢艺术，喜欢文学。艺术将我带入一个天马行空的世界，让我重塑自我，充满梦想。而文学让我变得细腻和真实，它让我体会到广阔世界中的起伏和温柔，让我在情绪剧烈波动的时候得以平静，是我俗世生活中的精神出口。我是个务实的理想主义者，有些事物的感召，会让人不计代价，不求回报，做尽一切痴迷者做的傻事。

24 岁那年，我遇到了自己的伯乐李彦芳老师，得以出版自己的第一本画集《仲夏花未眠》，两年后，又出版了第二本画集《水色无痕》。想出版一本文集的愿望，萌发于初中某个埋头写字的晚自习，心心念念十几年，当这本文集终于得见天日的时候，心中甚是感慨，不知道是梦想成真，还是执念成真，想起了师兄说的那句，不达彼岸，不说再见。

出版画集的时候，我通常署名恰吉丸，恰吉丸这个笔名源于高中，含义是离经叛道又古灵精怪的妖怪娃娃，这个名字与我的内心和想法都非常契合，它就像是我的另一个暗面人格。出版文集的时候，我会署真名陶怡，因为我的文字大多是记录自己成长过程中真实发生的故事，这些故事属于一个叫陶怡的女孩子，而不是妖怪恰吉丸。

对我而言，世上最美好的品质是善良和体贴，我也希望自己能像向日葵一样，永远向着太阳。

陶怡

2020 年 5 月 22 日晚

目　录

第一辑　回思十六载

旧时茶事

外公和外婆曾在小镇上开过一家茶馆，茶馆的背后有一条缓缓流动的长河，河边的菖蒲和薄荷长势繁盛，有清风穿堂而过。

外婆常常天不亮就起床打点一切，我在半醒半睡之间，总能听到她在搪瓷盆里拧毛巾的声音，滴答滴答，清脆的滴水声浸润着车水马龙的悠长时光。她做一些简单早餐：面条，馒头，稀饭。配上坛子里刚抓出的泡菜，酸脆爽口，十分开胃。吃完早饭我通常会帮忙排列好茶馆的凳子和桌子，然后背着书包去上学。

当地人都有饮盖碗茶的习俗，盖为天，托为地，碗为人。这是中国人器用之道的哲学观。

每天清晨，外公都会把一壶壶烧好的滚水灌进七八个不同颜色的暖水瓶里，为泡茶做准备。

茶馆里有三种茶：一种是绿茶，一种是云南普洱，另一种是茉莉花茶。

云南普洱历史悠久，茶性温和，炮制后呈粗老的红褐色，光泽上有油润感，条索清晰完整，泡开后叶片肥厚且有浓郁的陈香，入口醇厚，茶汤如琥珀一般澄澈明净；绿茶色翠，叶片光滑秀丽，带有几分君子文人的含蓄和优雅，汤色清幽明亮，茶汤清新的香气萦绕在舌尖，喉头，回味有微微的甘甜，层次丰富，别有一番韵味；茉莉花茶最早是士大夫玩赏的香料茶，条形细紧，花朵紧卷，汤色黄亮清明，入口时只觉香气清逸柔和，茶香与花香相互渗透融合，沁人心脾。

冬日里，来这儿喝茶的老年人特别多。有精瘦的，咕噜咕噜抽水烟的老烟袋，也有身着黑色长衫，留白胡子的民间道士，还有满脸红光，戴着毛毡帽，哈哈大笑时唾沫横飞的胖老头。他们围在一起高谈阔论，话题涉及新闻，国家，社会。还会杀上几盘象棋，楚河汉界，兵马过河，一杯茶往往喝上半天。

外公在一盏盏白瓷盖碗内，均匀地放置少量的茶叶，倒入没过茶叶的热水，茶叶被洗净后渐渐舒展，倒去洗茶水，再进行二次冲泡。我常抱着速写本涂涂画画，坐在茶馆的角落里安静地观察喝茶的老人们，或许他们的人生也如三泡的茶水一般滚烫，起起伏伏，苦涩，回甘，归于平淡。17岁那年离开家去老美院附近学画画，偶尔和同学一起去交通茶馆写生，熟悉的茶香，场景和声音，让外出求学的我画着画着就落了泪。

时光流逝，外公离世，外婆也渐渐老去，老街的忙碌与热闹，茶馆的老旧和朴实，青石巷子的风化斑驳，河边略带植物气息的风，像是一张张泛黄的素描风景画，儿时关于茶馆的回忆弥足珍贵。与茶的缘分，大概就是那时候结下的。

工作之余外出饮茶，认识了一些茶艺师朋友，其中有一位年轻的茶艺师姑娘叫做小婉，她的茶舍名曰"小婉说茶"，那是尘境之外的一个好去处。

茶舍一尘不染，光线柔和，透明的玻璃窗外有一帘黄桷树的树影相称，胡桃木色的陈列柜散发着古典气息，柜子上放置着各类茶具，香器，植物。茶具的材质和造型各自纷呈，有杯壁立体的冰裂瓷杯，釉色如玉的青瓷杯，音清精致的白瓷茶盏，光洁如漆的黑瓷壶，还有泥沙手感的紫砂壶。

小婉起身点香，洗杯，檀香的气味让茶舍的氛围变得更加平和，也让心更沉静了。

她屏气凝神，润茶，冲泡，三起三落。她为我泡了两种茶，一种名为佛手，一种是高山乌龙。我坐在案前，闻得茶香清馥，她将公道杯里的高山乌龙茶分别倒入两个不同的杯子里，一个是细腻如玉的白瓷杯，另一个是古朴文雅的粗陶杯，茶汤和不同材质的杯壁产生了碰撞，两只杯子竟能让同一种茶喝出不同的风味来。

一年有四季，茶亦有四时。夏日炎炎，宜饮用清爽醒脑的绿茶，秋冬的寒意，可用温和的红茶，老白茶来抵挡。一边饮茶，一边听小婉细细说着她上山采茶、制茶的故事，她的声音是有温度的，又轻又暖，就像指尖触碰到杯壁的温热。

一盏茶，一枝花，一方木桌，一室清幽。

木韵情怀

在山林中缓慢行走，深山里的老木独有一种岁月静好的光阴感。

抬头望见浓密的绿色云朵和挺拔的树干，想象着树木自由生长的样子。取木而制，木托盘，木发簪，木头手镯，旧木椅，对木制品有天然的好感。

十分迷恋明清时期的古建筑，旧民宅，老家具上的中式花雕。木质结实厚重，虽有一些磨损和磕碰，细细触摸时，心中顿生温润质朴之美感。

偶尔一个人去花鸟古玩市场，仔细端详各类题材的木雕花板，有典故、戏剧，唱本、民间传说，也有宗教神话。众多的题材和纹样中，我唯独偏爱精致繁复的植物图案：牡丹、梅花、兰草、野菊、松竹。木纹古朴天然，刻痕流畅婉转，千百年以后，人间早已沧海桑田，物是人非，而这些木制艺术品却完整地保存了下来，花瓣和叶脉仍在木质基底上自然生长，生生不息，永不枯萎。

家中曾有一个诗词花卉木质老漆盘，因年份较久盘底开始出现裂璺，少许彩漆脱落，盘子上的雕花和纹样仍然细腻写实，得到之后仔细清洁，细细擦拭，并未将它束之高阁，反而古物今用，把它用来做收纳笔墨的文房用具。

专注，淡泊，心无二用。

雕刻艺术原本是寂寞清苦之道，一刀一毫厘，一刻一光阴。

能工巧匠的刻刀之下，原本冰凉细密的木头各具情态，渐渐呈现出沉郁端庄的气度。他们奇巧熟练地反复雕琢，用手中的温度给了每寸木雕有诗意的灵魂。

历代文人雅士多爱黄花梨木，文房家具的陈设中大多以此木为主，木性华而不奢，纹理柔美，带有一丝降香气息，与文人从容雅致、含而不露的品格相契合；皇家宫殿的建造多用名贵的金丝楠木，此木的木质紧致细密，在阳光下似有金丝若隐若现，暗暗浮动，亦彰显了尊贵和身份；道家方士偏爱清新的桃木，有句"总把新桃换旧符"。据说桃木是能镇灾辟邪，为人们带来吉祥的仙木。

古月照今尘，中国人爱木，取木，制木，用木于桌案，椅凳，园林，宫殿，床榻……岁岁年年，木头承载着几多人文情怀。

古寺

曾在一座清代古寺里住了三年。

一堵灰墙，将寺内的安静清幽与街巷的繁华热闹隔开，将百年的古旧沧桑与现代的车水马龙隔开。

寺庙是木质结构的古建筑，檐角飞翘，镇脊之兽为一龙一凤。清代缭绕的香烟，庄严慈悲的仙圣，往来祈福的人们早已难寻踪迹，如今有的，只是茂密生长的植物和逐年斑驳的白墙黛瓦。古寺在人间烟火里遗世独立，是小镇中最为清静的所在，除了正殿以外，还有数十间静僻的偏殿。

儿时的我心智尚未成熟，总觉得古寺里有怪力乱神之说，但还是带着敬畏和好奇，用稚嫩的手轻轻地叩开了一扇又一扇老木门，阳光从偏殿的窗子透进来，有尘埃在光线里轻盈地飞舞，我独自站在幽暗的殿内，

古寺的院落里有盛开的无尽夏

抬头望着镶嵌在墙壁内的巨大黑色石碑，上面的人名早已风化斑驳，一触碰便会剥落，房梁和地板上有乾隆年间的刻字。

我曾在院内一块灰白色的石碑下挖到了许多碎瓷片，那种欣喜的感觉，记忆犹新。各类青花瓷片，埋在幽暗湿润的泥土里，日晒雨淋，长出了苔藓，沾染了泥腥。我捧起瓷片，跑到小溪沟的上游，将它们的污垢细细洗净。日光下，老瓷片呈现出古朴文雅的质感，有的色泽浓郁，有的淡雅秀气，它们蓝白相映，明净素雅。

那些深深浅浅的蓝色在我眼前渐渐润泽了起来，我仿佛窥见了数百年前的摩肩接踵，笙歌鼎沸。

外公在院落里种了一排稀疏的竹子，它们逐渐长成了一片繁盛的竹林，每当夜里起风的时候，总有竹影掩映着月光，在灰墙上轻轻摇曳，光影交错。还有外婆栽种的各类花草树木：春天有蔷薇，马蹄莲，芍药；夏天有绣球，曼陀罗，栀子花，向日葵；秋天有木槿，桂花；冬天有金丝荷叶，满院子的菊花。

不上学的时候，我抱着一本书就能在院子里坐上一整天，还翻阅过许多年代不详的线装书，那些书的封皮磨损得非常严重，黄旧发脆的书，每翻一页，手上就会有轻微的砂质颗粒感。

外公是个又高又瘦的老头子，他说此生最爱烟，茶，酒。

我偶尔去隔壁的巷子里给他打几两酒，买一包烟。每天稀松平常的一顿晚饭，外公也吃得十分讲究，他总会倒一点白酒，一边小酌，一边细嚼慢咽，像在品尝满桌的珍馐美味一般，一个人吃到很晚。外婆慢慢地收拾碗筷，我清扫着院子里的落叶，毛竹扫把摩擦着地面，发出沙沙沙的响声，天色暗淡下来，院落静谧的草丛里能听到清晰的虫鸣。晚风吹拂着正殿门口的巨大花椒树，空气中传来一阵又一阵细微的酥麻味道。

偶尔大雨淋漓，我抬头望天，只见雨水顺着屋檐滴落，浸润着院落里青苔……雨丝越来越细，天空渐渐放晴，一切喧嚣又归于平静。

长大后仍然喜欢这种清净，对长满植物的院落有莫名的亲切和好感，学生时代如窗间过马，毕业后定居市中心，每天在忙碌喧嚣的环境里工作，许多来来往往的路人与我擦肩而过，他们的脸上尽是麻木，没有任何表情。我知道，再难寻得一处如古寺般清静的所在了，最爱去的地方仍是书店和花鸟市场，偶尔也去艺术品交易中心看看字画。

后来，外公去世了。

我常常梦见那座古寺，梦见外公，梦里的我站在空旷寂寥的院落里，竹叶随风发出沙沙的声音，皓月当空，柔和的月光如轻纱一般，笼罩在寺庙屋顶的黛瓦上。

青山未老

喜欢流连于山中的旷野，感受山川草木和自然风物的气息。

生活中的痛苦，变故，求而不得，让身心经历着漫长的荒芜期。人
在脆弱的时候，容易放下戒备，失去理智，把自己的弱点和不堪全方位
地暴露出来。如果不想跟人倾诉，可以去山里走走，看几页书，感受植
物的香气，拥抱一棵古树。

青山苍翠，肃穆幽逸的山林之气让人的内心柔软而平和。

在一个夹杂着植物气息的阴天，又回到了小时候常去的山中之岛，
岛屿的四周都是平静的湖泊，有白鹤在浅水边觅食，背后有隐隐青山，
清幽寂静。湿漉漉的泥土里，随处可见掉落的松果和野菌，偶尔蹿出一
只灵敏的小松鼠，细心寻觅倾听，静谧的山林里还有小昆虫在窃窃私语。
树林里有大量野鸟筑巢，伶俐轻快，人一靠近就会听到振翅横扫树叶的

声音。

在小岛上挖春笋，采竹燕窝，寻找鸟蛋。山中的空气湿润清冷，漫山遍野都是蒲公英，在草地上奔跑，摘起一株蒲公英轻轻一吹，像是飞舞的初雪。

夏天的时候，妈妈和外婆会去山中之岛的湖畔采摘新鲜的嫩莲叶，拿回家洗净，切丝，熬成莲叶粥。揭盖，一锅清香扑面而来。外婆将滚烫的莲叶粥从大锅中一勺一勺舀出，盛在瓷碗里凉凉。晚饭时，再配几道简单的凉拌菜，肠胃和身心都会进入一种极度舒适放空的状态。

从山里捡回来许多落叶，把它们制成书签。用天然花叶的半熟宣信笺纸给友人写信，书写时笔尖静静地划过草木的脉络，写完再盖上闲章，折叠，同落叶书签一起装入信封寄出，有怀旧亲切的感觉。

清风，野草，槐，柳，竹，高大挺拔的松柏，枝繁叶茂。

用手指，用眼睛，用呼吸，用身上的毛孔。用一切感官去感受大自然的气息，阳光透过竹林，有斑驳的光影映在绵密温暖的青苔上，足以治愈一切压力，让身体的负能量得以释放和平衡。

文艺蓝

　　中国蓝，日本蓝，天蓝，浅水蓝，松石蓝，粉末蓝，波斯蓝。蓝色系的衣物和首饰总是自带几分飘逸和灵性，我亦爱蓝染制品，蓝染木手镯，蓝染苎麻长衫，一层一染，腰断，蓝成，布匹上散发着古朴天然的植物气息。

　　人与物之间，也是讲究缘分的。

　　曾经有过一件皱麻白底蓝花上衣，白色皱麻基底上有满印的淡蓝色渐变兰花，淡雅小巧，很是唯美，春夏时节常与白色棉布裙，和田玉挂坠搭配，穿了很多年，直到它渐渐发黄，仍舍不得丢弃。

　　光影斑驳的夏日，偶得一件水彩风格的苎麻上衣，上衣的蓝色水彩植物纹案颇有晕染风韵，随性，清凉灵动，就像在衣服上蓬勃生长。透洗，晾干，穿在身上的那一刻竟有一种怡然愉悦的心情，想为自己拍些照片却又觉得少了些什么，于是我备好纸笔，在水彩纸上画出一只蓝色的蝴蝶，画完之后沿着边缘将蝴蝶整齐地剪了下来，放在纸面上。窗外的微风轻轻吹动我笔下的蓝色蝴蝶，它仿佛飞出了纸面，在我眼前悠然起舞，如梦似幻。

四月天，又得一件喜爱的两件套原创国风连衣裙，灰蓝色的乔纱面料，大面积的同色植物刺绣，飘逸清透。

为了增加蓝色连衣裙的层次，我常会戴一个宝石蓝的景泰蓝手镯，这个镯子已经在柜子里存放多年，总觉得它在历史上是清代皇室所爱，宝石蓝的气质过于深邃明艳，在华贵和凝重之中甚至有些老气，并不适合年轻人，亦没有衣物可以与之搭配，直到遇见这条裙子，蓝灰色与宝石蓝交相辉映，使沉郁安稳的蓝色基调中多了几分明媚和端庄。

六月，自制了一条足以垂到锁骨处的夸张松石蓝耳线，穿着天然麻织的蓝裙去看了一场展览，发现一张油画，和蓝裙的颜色十分相称，介于宝石蓝和松石蓝之间，亦梦亦真亦幻。

蓝裙的裙摆很大，足足用掉四五米布料，原本成套搭配的扎染立体盘花衫，却觉得它的颜色过于艳丽跳脱，便搭配了简单的蓝色莫代尔上衣出行，层次分明，低调文静。

还有浅水蓝的斜襟旗袍上衣，领口盘扣以祖母绿矿石作为扣子点缀，胸前有石榴花枝刺绣，配以三千青丝，薄妆白裙，淡雅中多了一分不染尘的出世气质。

一年四季，我都喜欢穿各类风格的裙子，它们轻盈又舒适。

24 岁的生日的那天，收到颖送的蓝蝴蝶孤品项链。

精致的纯银蝴蝶边框，镶嵌着整块长方形的海纹石，那块海纹石在蓝光之下波光粼粼，像是一片迷人的小型海洋，让人想要融入进去，在无边无际的水蓝里畅游，这也让我想起中学夏天的晚上，和她一起在球场散步的悠闲时光。有时候她会给我带一支绿豆雪糕，光影中浅浅的水蓝，如同青春期的浮光掠影。

裙衫可亲

儿时的夏天，外婆总会带我去巷子里的裁缝店，给我定制两条绵绸连衣裙。裁缝店脱漆的木门颇有年代感，斑驳的简易老木桌上，放着一些零散的碎布、针线、剪刀、熨斗，还有一台老旧笨重的脚踏式缝纫机，咯吱咯吱地在旧时光里飞快转动，一面墙整整齐齐的排列着彩色布匹，我可以从中挑选出自己最喜欢的颜色。

裁缝是一位戴着眼镜的矮胖的中年阿姨，她为我量好尺寸之后，便在布料上画线。数日之后，一块完整的布经过仔细的剪裁、缝制、锁边、熨烫……就变成了两条新裙子。小女生拿到新裙子的那一刻，总是格外开心的。

小时候最喜欢的一条连衣裙，有着淡粉色的底，细小的白色花瓣图案。那条裙子柔软舒适，走线缜密，透气的清凉感至今仍让我念念不忘。

皮肤是有记忆的，粗糙的，细腻的，丝滑的，厚重的……不同材质的衣物给肌肤留下了不同的感受。

学生时期的衣物，大多是针织、棉布、麻、涤纶，风格单一乏味。工作以后，我的衣橱里慢慢多了一些色彩、风格、款式均迥异的衣服。甚少去商场购买衣物，上身试穿后总觉得与自己的气质格格不入。喜欢并适合我的服装品牌往往比较小众，文艺棉麻风格的集尺，绽放，此岸歌声，默念；轻中式复古风格的颜色的店；唯美少女风格的梅子熟了，茉莉和扶苏，非常合心意。

每次打开衣柜门，总有一份美好的仪式感，柜子里一年四季都有温暖明亮的颜色。

湖蓝，淡紫色丁香，豆绿色，水绿，茶绿，浅米，茉莉黄，雪白，薄荷绿，桃粉，藕荷，紫灰，宝蓝。

每一种颜色都足以让人浮想联翩，如在画中，它们在平淡如水的时光里流动，让人想起江南的晚春，小桥流水，蓬勃生长的藤蔓，石阶上松软青翠的绿苔，温柔缱绻，给人几分怀旧的暖意和平静。

有蚕丝和欧根纱拼贴设计的刺绣斜襟旗袍，收到时觉得甚是华美，惊心动魄，却也感叹它的精致和脆弱，买回家舍不得穿，更多的时候是挂在衣橱里，不希望它沾染一丝世间的尘埃。

有一字肩的修身复古连衣裙，凸显女性肩颈，锁骨和身体的曲线，有袒胸露背的性感，勾人魂魄的妖艳酒红，自然垂坠的大裙摆，走起路来颇有灵动优雅的韵味。

有两件套的网纱花朵连衣裙，轮廓丰盈，轻薄飘逸，给人温婉甜美的感觉，半高领的蕾丝领口蝴蝶增添了几分活泼的气息，松紧袖口显得手腕纤细，仙气的米白色调有少女时期的纯洁。

有可以称为"梦中的衣裳"的立体盘花扎染上衣，赤红明黄蓝绿松石，色彩浓烈夸张，张力十足，让人想起女娲补天的五彩石，大廓形的领口和下摆，仿佛乘风欲飞，七分袖露出一段洁白的手腕，文艺中带有几分颓靡。

我偏爱苎麻与雪纺，苎麻轻薄，光泽柔和，细腻却不失风骨感，布料的纹案或恬淡素雅，或浓郁热烈；不论是做成宽松长袍或盘扣斜襟上衣，皆带有通透之感，麻是治愈的植物，能让人回归自然。雪纺光滑亲肤，带有女性柔美的特征，夏天躺在沙发上看书，日光透过薄纱衣袖映入眼帘，如同笼罩着一层淡淡的月光。似掩还透的温柔，与女子娇羞的模样相似，低眉垂眼，芙蓉面上的小晕红，唯有懂得她心意的人可以窥见。

春有清新明快的针织开衫，与阳光、田野、水泽相辉映；夏有轻盈随意的苎麻裙，踏入幽深僻静的山林，观山泉静流，松柏郁郁青青；秋有复古油画风格的毛衣，捧一杯热腾腾的桂花乌龙茶，躲进城市书店的小角落；冬有厚重温暖的棉衣，在肃杀的冬日氛围里延续着融融的暖意。

四季之衣物，在漫长的时光里与我们安静相伴，在俗世生活中体贴我们的身体与心性，沉默亲近若故交。

南宋旧梦

春水碧于天，画船听雨眠。拂去千家似棋局，回望绣成堆的盛唐旧梦，拨开清明上河图中的青灰色烟云，一位细眼薄唇、温文尔雅的翩翩公子映入眼帘，天然，飘逸，恬淡，他的名字是宋。

几杯清酒几盏茶，一只青梨杨柳间，丝管初调，勾栏瓦舍的酒壶里倒出了琥珀光。

青楼里莺歌燕舞，芙蓉帐内轻解罗裳，豪门高户愿一掷千金博红颜一笑，长醉不归；浮花浪蕊，粉酥胸，羊脂玉腿，成为文人墨客的宣纸和案几，他们下笔风流，酣畅淋漓。

实花一重，香骨一重，琉璃瓶中翻摇的蔷薇水香彻临安，千年不褪；胭脂铺子里，香粉、口脂、玉女桃花粉、画眉墨。芙蓉不及美人薄妆，螺子黛轻扫淡眉，秋水眸，凤仙花染就的纤纤玉指，轻轻叩开了江南烟水路上古朴厚重的木门。

京城楼阁清雅秀逸，雕车宝马争驰于路，香轮暖辇，护龙河两岸杨柳依依，千丝万缕。饮食楼内，厨师在方寸案板和微妙的火候之间，从原材料到多道工序处理，烹、烧、烤、炒、爆、溜、煮、炖。一道道美食热气腾腾地出锅了，乳炊羊、烧臆子、莲花鸭签、酒炙肚胘、葱泼兔、金丝肚羹、煎鹌子……盘中的珍馐皆色泽艳丽，精致可口，细细咀嚼，口齿之间异香四溢，令人流连忘返。

宋人热爱茶道，茶叶，水质，火候，茶器均十分讲究，高端茶坊内聚集了四方文人雅士品玩交流，"斗茶"之风盛行。宋代平民亦爱茶，茶原料皆平价易得，乌梅和茶一起煮就的梅汤，蜜饯果子、糖、茶叶煮出来的甜茶；姜片加茶叶煮就的姜茶；还有宽煎叶儿茶。

茶若与点心的搭配，就更是绝妙。蜂糖糕、栗糕以桂花、玫瑰调味，口味香甜软糯，精致小巧，还有清爽的冰雪冷元子、水晶皂儿、杏片、梅子姜。一口点心清香细密，入口即化，一口茶香清新淡雅，淡淡的甜润在口中化开，千绕百转，层次丰富，令人回味无穷。

宋代糕点师傅独到的中式审美和细致，将宋代风雅美学与美味完美结合，给了每块茶点浪漫含蓄的传统情调。

词始于南朝而极盛于宋，题材广阔，雅俗共赏。有"壮志饥餐胡虏肉，笑谈渴饮匈奴血"的胸襟抱负；有"纵豆蔻词工，青楼梦好，难赋深情"的深沉悲怆；有"十年生死两茫茫，不思量，自难忘"的离愁别恨；有"只愿君心似我心，定不负相思意"的缠绵恋情。

词婉于诗，平平仄仄，长短句贯穿的篇章灿若星河，纵然浅读亦可怡情。

　　日子里有诗，书，酒，茶，亦有草，木，石，竹。对仿宋代风格的家具，点心，瓷器总是格外青睐。

　　家中有日式粗布茶席、鹿语闲章、珐琅盒手工硃磦印泥、四寸蝉砚、仿古粉彩彩蝶斗笠碗、独蛇苎麻衣物。它们沉静质朴，含而不露，如江南烟雨中的苍木，亦是我无法抗拒的东方美学。

　　小窗闲坐，看几页书，写一帖字，喝一碗茶，有明月清风在心，天地为之清明。

　　合上书卷，南宋烟雨中，一位翩翩佳公子遗世而独立，笛声散入轻轻摇曳的满树梨花，一曲天籁尽，雪白的花瓣落满了他的肩头。

巷子口的白兰花

南方小镇，巷子，山中，白兰花。

姐姐家自制了一种春茶，名为舒城小兰花。芽叶相连于枝上，形似兰花草，茶汤中也带有几分淡雅清幽的兰花香气，大概是采制时节正值山中兰花盛开，茶叶吸附兰花香气的缘故吧。

淡淡的花香让人回想起童年的夏天，河岸边的巷子口有一位老婆婆，挎着竹篮子叫卖白兰花、栀子花，还有竹叶编织的青蛙和蚂蚱。一朵朵干净的白兰花被老婆婆用针线穿成花串儿，整齐地排列在垫着棉纱的竹篮子里，贴近挑选的时候，能闻到一缕淡淡的清雅。

这种花串儿在重庆的 20 世纪 90 年代是很流行的天然饰品，妈妈和外婆穿连衣裙的时候，经常将它挂在衣领处的扣子上作为点缀，枯萎之后再换一串新鲜的。

整个夏天，我都会闻到妈妈身上的花香气息，幽幽的香气让我如同坐院子里的花树下，抬头可以望见整片繁星般的白色花海，花朵纤细通透，明净如玉。周围有低飞的蜻蜓，忽近忽远的蝉鸣，清甜的微风拂过发丝和身体。

老婆婆的编织手艺娴熟，一折一叠，穿插有序，普通的竹叶在她的手里变成了艺术创作的媒材，她编织出的蚂蚱、青蛙活灵活现，绿意盎然，堪称民间艺术品。是我儿时爱不释手的玩具，也是长大后最为珍贵的童年回忆。

如今的夏天，我常会在下班后，买回一束路边的栀子花或茉莉，摘去多余的枯叶，留下碧绿温润，脉络清晰可见的枝叶，插入书房盛满清水的粗陶罐子里。

栀子花苞沾染着晶莹透亮的露珠，活力紧实，盛开的白色花朵香气馥郁，甜甜的味道在空气中弥漫，让人放松沉迷，大自然的美让时光和生活都慢了下来，花开花落，像一场纯净唯美的梦。

摘一片洁白的花瓣置于手心，只觉得清幽柔和，让人顿生淡然美好的心境。

夕阳的光线透过窗外的树枝，星星点点的散落在旧木桌和凉竹椅上，恍惚之间，那种复古怀旧气息让人回到了许多年前，那个南方小镇的夏天。

第二辑　梅子青青时

雏菊

三月的晚风，如恋人的抚摸般温柔。

逛完书店以后，我买回一束淡雅的雏菊花，复古旧报纸包裹着新鲜的枝叶和花朵，清香袭人。回到家将花枝的长度和残叶逐一修剪，疏密有致地插入盛满清水的粗陶罐子里，枝头上的花朵饱满，素净，如少女清纯的面容。

一片叶，一枝花，一缕清香，大自然的花花草草是天然的艺术品，有天真烂漫的野趣。

我迷恋雏菊花干净雅致的美感，决定用一张水彩画把这份美丽记录下来，用笔轻轻描绘它们的时候，心里平静又美好，家中的音响播放着我喜欢的民谣《南方姑娘》。

赏花，画画，听民谣。

这种美好惬意的感觉，让我想起了电影《雏菊》中的阿姆斯特丹，木桥，河岸，原野，漫山遍野的雏菊花在明媚的阳光里肆意向上生长，活泼热烈。

人非草木，彼此间的缘分有时候是一种羁绊。

电影里说，从战场上活着回来的老人认为泥土和花朵最能吸取火药味，所以朴毅在第一次杀人后开始养花，他将一小撮泥土放进嘴里细细咀嚼，心中的戾气慢慢平复下来。神秘谨慎的人不擅长表达自己的爱意，即使内心炽热激烈，表面也淡漠如冰。

他为惠英搭了一座木桥，想念惠英的时候就送雏菊花给她；他看莫奈和德加的作品，期待着某天和惠英聊起绘画的时候不会一无所知；他若无其事地躺在窗台上啃苹果，用望远镜远远看着惠英在下午的阳光里喝热咖啡，他也情不自禁地拿起了咖啡杯；他开始画惠英的肖像，望着她每天下午离开时的背影默默挥手说明天见。

他爱上了惠英却无法告白，因为他是个职业杀手，必须保守秘密。

国际刑警郑宇受伤回国，身心受伤的惠英出院后变得忧郁，失去了声音，不再是那个温暖又活泼的女孩。朴毅经过反复挣扎之后，终于从窥探的角落里走出来，出现在惠英面前。

一个生活在暴力和死亡的世界，双手沾满血腥的恶魔，在自己爱的人面前，也有极度体贴和温柔的一面，他每天开车接她回家，带她看电影，为她做饭，煮热茶。

　　这些小事虽然琐碎，但却细腻温暖。

　　他心想，若是自己在第一次杀人之前就遇到惠英那该多好，现在却为时已晚，无法回头了。他不奢求惠英能爱上他，或者说，仅仅只是接受他，每天这样平静地陪伴着她就足够了，然而好景不长，他又开始收到代表任务的黑色郁金香。

　　原本以为美好的爱情故事会有一个圆满的结局，但故事的最后却以悲剧收场，惠英的鲜血溅在色彩清新的雏菊油画上，一抹鲜红触目惊心。

　　生死两隔。

　　那个坐在河边画雏菊的女孩，那个在广场画路人肖像的女孩，那个从不带伞，在雨天背着画具匆匆跑进屋檐下躲雨的女孩，如清水瓶中的雏菊花，花期已至，生命衰败。

　　窗外的微风轻轻吹动白色雏菊，有淡淡的花香飘散。

　　梦里又见到了电影里的雨天，地板上的油画颜料被雨水滴滴答答地冲洗着，变成了五彩斑斓的细流。屋檐下有拿着油画的惠英，安静地站在一旁的朴毅，只见朴毅将手中的新鲜雏菊花递给了惠英，惠英回以他一张美丽的雏菊油画。

　　两颗心之间不动声色的默契，却已胜过千言万语。

诗书之缘

"小徒儿已经风华正茂了，成为一个优秀的插画师，看到她，犹如看到青年时代的自己，甚是感慨。"

看到师父在 2018 年 6 月 8 日写下的这段文字，突然之间觉得特别的难过，岁月如流，青丝白发只在转瞬之间。人的喜好和天资，大多数是天注定的，而缘分，却可遇不可求，我和师父的师徒缘分，是源于诗书和文学。

13 岁那年第一次见到师父，正是晚秋时节。

师父穿着一身深色长袍，坐在一个角落里，一头乌黑柔亮的长发垂到腰际，眉毛弯弯如同月牙，又细又长。她虽然美丽，眉眼之间却透露着几分清冷的高傲，她蓄着长长的指甲，将它们染成了渐变的桃花色，玫瑰色的口红很是惊艳。

看到我们母女进门了，她望着我们微笑。我既开心又紧张，心想以后就可以跟这个漂亮的作家阿姨学写作了，真好。我从袋子里拿出作文本，把自己不成熟的拙作谨小慎微地递过去，不敢抬头，师父说什么，我皆是俯身倾耳仔细听。

师父数十年来笔耕不辍，常常喜欢在喝得微醺的时候写诗，她在纸上写，在树叶上写，在手心里写，已经写出了四部文集。她喜欢海的辽阔深邃，和烟的缥缈轻盈，所以取笔名为海烟，她的生活因有文学，总带着美好的诗意。

她既是有出世之心的作家，也是积极入世的商人。在工作中，她热忱勤恳，以沉稳应万变，将生意做得风生水起。

年轻时的师父非常有个性，多才多艺，衣着和思想都非常前卫，是那个年代为数不多的时尚新女性。如今，已到知天命之年的她，依然朝气蓬勃，在灵性超脱的诗书气度中，平添了几分古典知性的魅力。

她一头青丝，一年四季总穿各类飘逸棉麻长袍，颜色或沉郁，或飘逸，或炽烈。她笑声爽朗，爱旅行，爱随性而舞，爱一切美好的事物。她的文字甚美，笔落之处有魂灵，轻盈流畅，文辞美妙；她诗意栖居的生活境界甚美，让人感受到明亮，温暖，平静；她人如其文亦甚美，饱读诗书，一言一行温柔优雅。

春天的时候，师父赤脚爬上树，躺在桃花树上晒太阳，偶尔，也去寂静空旷的山林里打坐，远而望之，静若秋兰。

小食记

阳光，落叶，青苔，绣球……初夏时节如此之美。偶尔放松，和朋友坐在树下一起吃点心，聊天，直到热气腾腾的碧螺春渐渐冷却。

食物与人的成长关系总是亲密的，存在于记忆里的童年零食：藕粉羹、冲冲糕、冰糖葫芦串、炸红薯丸子、大大卷、喔喔奶糖、火腿肠。最怀念的是冬日小学门口美味的冲冲糕、酸甜脆硬的冰糖葫芦、炸红薯丸子，还有巷子里清香温热的藕粉羹。

假期再次回到小学，又尝到了冲冲糕那熟悉亲切的味道。

这种点心由籼米、糯米、花生、红糖制作而成。籼米和糯米淘净、研磨、过滤为粉末，再用勺子将米粉舀进木模具，填入炒熟的花生红糖馅儿，放到高压锅里蒸，高压锅冒汽阀一冒汽即可出锅。糕体松软，香甜可口，若将这种糕点放入藕粉羹里，让米香和藕粉的香气渗透融合，再搅拌食之，亦别有一番甜蜜清香的滋味。

冰糖葫芦则是将新鲜山楂从枝头摘下洗净，楂挖去果核，在果肉饱满的山楂里填入豆沙、坚果馅料，用竹签挨个穿好，滚入白砂糖加水熬成黏稠的糖稀，变得又硬又脆。冬天的时候，自己亲手制作了冰糖葫芦，还熬制了山楂果酱，山楂果酱既可以用来涂抹面包，还可以制成山楂馅儿汤圆，或入花果茶煮成冬日热饮。

山楂洗净切小块儿，加入白砂糖，少量水，中火转小火文之，同时搅拌。山楂块儿在热力的作用下渐渐变得浓稠，仍然保留了果肉独特的纤维感。山楂的清酸和砂糖的纯甜产生了剧烈碰撞和沸腾，使原本鲜红的山楂块呈现出一种晶莹醇厚的胶质感。

还有炸红薯丸子，将红薯洗净，去皮切块儿上锅蒸熟，起锅。

熟透软烂的红薯块用勺子压成泥，拌入面粉，牛奶，揉成一个个红薯小球，待油烧热后下锅，炸至金黄偏焦，用漏勺从锅中盛起，摆入瓷盘，筷子夹起，一口滚烫，甜蜜又妥帖。

高楼、轻轨、大桥、高速路，城市新旧变迁太快，很多记忆被深埋于冰冷的水泥地下，沉睡不醒。一记又一记的小食，唤醒了小时候最温暖柔软的回忆。

春天拿着小花锄去挖田埂边的鲜嫩的鱼腥草，可以凉拌入菜，在田野里寻找软绵绵的清明菜，采摘回去做成青团。夏天和奶奶一起采桑椹、掰玉米，洪水泛滥的时候，和舅舅、舅妈提着小桶，在理发店背后的河岸边捉爬上岸的螃蟹。秋天可以去乡下摘新鲜多汁的梨子，熬成润肺降燥的百合雪梨糖水。

我们在咀嚼、消化每一口食物的时候，也是在吸收一份珍贵、质朴的情感。不同季节的食材带来的情感皆是如此丰富，有些味道会随着时间慢慢沉淀，变为生命里永远放不下的想念。

南方小镇

青山，阳光，森林，田野，河流，院落，青苔。

白丁香，黄桷树，吊脚楼，木船，夹竹桃，旧石桥。

我的童年是在一个南方小镇上度过的，那时候的时光很慢，生活的氛围幽凉，清润，绿意盎然。

父母工作忙碌无暇顾及我，大多数时候，我和外公外婆生活在一起，每天放学都会经过一条巷子和老街。

老街的对面是一条清澈的河，河边有迎风而舞的杨柳，居民临水而居，河的两岸有密集的古旧的吊脚楼和茶馆，女人在河边干净的石板上用棒槌敲打衣物。还有人悠悠地划着船通往下游的小镇，夏天的时候会有大人带着孩子下河游泳，这些孩子里面也包括我，河水微凉，偶尔有游鱼在我身体周围穿梭，有纤细柔软的水草掠过在我的小腿，外公常常在泥土里挖蚯蚓，提着水桶和渔竿去河边钓鱼。

穿过河面的石桥，一直往前走，走过长长的田坎便可以通往乡下，春天有大片开阔的田野和水稻，路边长满了野花和莓果，夏天草木繁盛，藕花未歇。

小镇的桥头和路边总是热闹的，许多摊贩在售卖各种食物和蔬菜：油菜、笋子、豆角、鲫鱼、河蚌、小龙虾、白糖包子、炸土豆、转转糖、油炸饼、盐水煮菱角、麻辣豆干、冰粉、凉虾。

镇上有一个中药铺子，坐诊的是一位医术高明的老中医，很多人都在他那儿看病。老中医常常戴着一个深咖色绒面的前进帽，老花镜总从他的鼻梁上往下滑，他扶正眼镜之后，继续皱着眉头气定神闲地写药方。

儿时的我敏感内敛，不爱说话，唯一喜欢的事情就是待在家里看书写字，涂涂画画，家里的墙面，卧室门上都被我画上了星星眼的美少女。偶尔从裁缝阿姨那里得到一些碎布，拿回家给洋娃娃做衣服，自顾自对着洋娃娃说话，我还会打开妈妈的抽屉，把她的胭脂和眼影涂在洋娃娃的脸上，也涂在自己的脸上。

夏天的时候，我总穿一条绵绸连衣裙，藕粉色的底，白色的花。周末的时候妈妈常有空闲，她会用彩色橡皮筋，黑色钢丝夹，五颜六色的头花给我梳出各种可爱的发型。晚上拆掉它们的时候，被橡皮筋拉扯了一天的头皮会很痛。那是我第一次感受到，原来变得漂漂亮亮也是有代价的啊。

每当回想起童年的时光，总会让我感到格外温暖，是因为我的成长过程中，有他们和她们在。

　　对科学非常感兴趣，经常跟我一起讨论世界未解之谜的孟佳；超级无敌啰唆，总是买零食骗我给他画手抄报的陈端；帮我补数学，疯疯癫癫你追我打的数学课代表刘琴梅；喜欢唱歌，一起抄 SHE 流行歌词的杨怡；数学成绩很好，总是坐倒数第二排的梁天鑫；体育满分，擅长打乒乓球的小飞人张艺；画三八线，总是被我用书暴打，毕业后留了三个电话给我，最后却没有一个电话能打通的胖同桌陶琦，他们都是我非常可爱的小学同学。

　　住在我家楼上的琳，是我小时候的好朋友。我们同一个学校，同一个班级，每天一起上学，放学的时候我们总是手牵着手一起回家写作业。

　　我们穿同款黑白相间的小皮鞋，买一样的连衣裙，还有相同款式但颜色不同的裤子。我喜欢长头发，而琳喜欢短发，她性格开朗，有圆润可爱的脸蛋和修长的手指，整个身形的轮廓比我柔和丰腴一些。偏棕色的头发和瞳仁很像她的妈妈，我不敢吃辣椒，而她特别喜欢吃炒田螺一类的麻辣零食。

　　我和她经常因为谁应该当姐姐而发生争执，也会因为一块雪糕而互相置气。但第二天上学的时候，却又像什么事情都没有发生过一样，这是我和她之间的小默契。

　　琳的家里是经营农产品的，我和她经常把蔬菜种子当成玩具，倒在玻璃桌子上排成各种图案，一袋一袋的化肥在小仓库里被整整齐齐地垒起来保存着，像大块白色石头修筑的城堡，即使那些肥料的味道很难闻，我和她也会在那些"城堡"后面捉迷藏、攀爬。

还有住我家隔壁的哥哥，一起长大的情分让我们如同亲兄妹，他喜欢观察昆虫，喜欢画画，从小就自带一副老学究的模样，学习成绩非常好，是我们院子里的学霸级人物。他经常邀请我去他家的小阳台上参观他养的昆虫，在朽木里爬行的白蚂蚁、在岩石里搬食物的黄蚂蚁和黑蚂蚁，还有蚕和蚯蚓。

有时候我们在开满白色丁香花的院子里骑单车，他在院子的墙角种了一棵葡萄树。我们在腐烂潮湿的落叶堆里扒出一些破损的塑料袋，还攀爬池塘里的假山，用塑料袋去舀池塘里的水，淘出来的东西有小螺，残叶，水草。也会有一些带着泥沙的劣质塑料钻石，或者发卡上掉落的闪亮珠花，那些东西在我的眼里都是小惊喜，我把它们洗干净捡起来带回家里，放在阳台上晾干。

中学以后，他总能在全国奥林匹克竞赛中拿回奖项，家里希望他报考中央美术学院，可他偏爱生物工程，博士毕业以后哥哥结了婚，情人节的时候仍不忘和大嫂一起在实验室搞科研。

琳报考了法学专业，拿到了法学和俄语的双学位，如今已经为人母。而我还是和小时候一样，喜欢写写画画，从美术学院毕业以后，去了很多地方工作，最后开始创业。

拆迁，重建，亲友聚散，记忆中的南方小镇，渐渐变得模糊不清。

小时候和妈妈在河边的合影

后来我去了乌镇，关于南方小镇的一切，开始变得有迹可循。整个小镇枕水而眠，白墙黛瓦，青石桥，浣衣女，小巷，万千游鱼，木屋，清炖蚌肉。

熟悉的小镇气息在眼前渐渐润泽活泛起来，还是那样朴实亲切。我很庆幸这个世上还有一处和南方小镇如此相似的地方，它把我带回一去不复返的童年，周而复始，在我的身体里绵延着源源不断的暖意。

一道一香

妈妈皮肤的香气，女生头发的香气，口红的蜜果香气，水果散发的酸甜香气，风吹落香樟的香气，青草和泥土的香气，巷子里潮湿的木头香气，外婆的蚌壳油散发的香气，不同的气味常常能唤醒一些细腻入微的情怀和感受。

春风春鸟，夏云暑雨，秋月秋蝉，冬月祁寒。

每个季节都有属于它的色调和气味。

春天有淡雅的小苍兰、桃花；夏天有怡人清新的薄荷、薰衣草；秋天有温暖治愈的桂花；冬天有幽香袭人的蜡梅。

我有中度洁癖，对气味非常敏感，讨厌抽烟、聒噪、不修边幅的人，更愿意靠近穿干净棉布衬衫的人，这样的人会让我想起春天晚上的宁静山林。

我喜欢一尘不染，一年四季种满各类绿色植物的家。衣柜里放太久的衣服总会拿出来，加入留香珠再次清洗、晾晒、烫平。家中购置的香水、香膏、空气精油、线香、塔香，常常会让我身心愉悦。

看书的时候，会点一粒印度手工老塔香或者一支微笑线香，睡觉的时候，会在手腕上涂抹蜡梅疏影香膏，偶尔打开香薰机，滴入几滴薰衣草精油，一夜好眠。

每周都喷不同调性的香水，月落桂子、醉芍药、旦、宝格丽的水漾夜茉莉、周末女士淡香，还有范思哲的男士香水。

对桂花，蜡梅，薄荷这类来自大自然的天然香气有特别的好感。

偶入一家主打东方香型的香水店，名为"调香室"，名字亦非常合心意：花道，竹林七贤，忆江南，桃花源记……细细挑选许久，带回一瓶醉芍药，轻熟的花香气息散发着优雅的生命力。

过了些时日，又带回一瓶月落桂子和中性茶香的旦。

将月落桂子喷洒在睡衣，枕头之上，醇厚温暖的气味让人仿佛进入了古人的诗中之境，人闲桂花落，夜静春山空。

最爱的中性茶香旦，头香的绿橘、青杧果、玫瑰花瓣，体香的小茉莉、白茶、晚香玉，带有一丝禅宗和超然之意。

耳后，关节，后颈，手腕，腰部。

被这种香气环绕的时候，总让我想起远山有勾无皴，施以青绿，白云缭绕的古画《游春图》。

还有谢馥春名媛香膏，雪玉兰，玲珑茉莉，娇艳玫瑰，绰约芍药，玉树琼花。

鲜橙，青香，晚香玉，小苍兰，兰花，忍冬，鸢尾根，檀香，香荚兰。混杂的花香营造出少女浪漫的氛围，唯美，香甜，让人无法抗拒。

也喜欢一些小众品牌的古法固体香膏，品牌的调香灵感来自南唐后主李煜、北宋宫廷、以及苏东坡，制香工艺传承古法却不薄今，精致的龙泉青瓷小瓷瓶装着细腻温润的膏体。

茉莉檀香调的二苏旧局，以苏轼、苏辙二人命名，有儒雅的书卷之气；一步一景之妙的东阁藏春香；清新甜美，新鲜茉莉花调的南国小茉莉；出自南唐后主李煜所创香方的鹅梨帐中香，甜蜜柔和；苏东坡等了七年，收集梅蕊雪水研制的雪中春信。

最爱的是每晚都会涂抹的蜡梅疏影香膏，一瓶梅香在枕畔，清逸悠然。

热爱可抵岁月漫长

2019 年，我出版了第二本水彩插画集《水色无痕》，举办了一次小型画展和读者见面会；2019 年，我跟中学时代喜欢了很多年的男生表达了心意，得到一个不太完美的好结果，对感情和婚姻有了新的认识，完成了一次自我修复和成长；2019 年，我辞去了安稳工作，婉拒了圈内前辈开出的高薪管理层工作，也放弃了家里的安排，我想做一件事，一件可以把自己的理想、情怀、热爱结合起来的，可以称为事业的事情，于是我创立了属于自己的少儿美育品牌春山画舍。

画舍的位置闹中取静，十分清幽，它是一所带有艺术情怀和生活美学的艺术工作室，原木色调，藏书丰富，粗陶花器中种植着清新的绿植。

春山画舍这个美育品牌的命名，带了一个妈妈名字里的"春"字，她是我的绘画启蒙老师；春天代表着希望和萌芽，春山如黛，垂柳画桥……初创品牌虽然艰难，对我而言却是美好的开始。

白天往返于工作室创作，教学，晚上则回家看书学习，研究不同流派的艺术家各个时期的作品，结合教学创作进行反思和提升。偶尔跟朋友们聊到创作和理想，会觉得有一群志同道合的人真好，希望能和大家一起画画到80岁。

创业开始让我变得持续焦虑，一是琐事非常多，二是我担心自己做不好。但我的好朋友提子总是无条件的相信我。我在学术上近乎苛刻的要求和全力以赴，的确给了春山画舍一个好的开始，同学们脑洞大开，一个学期结束以后进步明显，孩子和家长都很喜欢并认可这里。

有时候会在学生身上，看到中学时候自己的影子，那个总是低着头，默默在速写本上涂涂画画，超级讨厌上数学课的女生。从小到大，我都是个看似内敛，实则离经叛道的女生。班上的女生大多活泼外向，擅长跳橡皮筋、唱歌、跳舞。而我的快乐是内化的，我喜欢独处，捡起老师掉在地上的粉笔，在家中的地板、墙壁、卧室门上一声不吭地瞎涂是我唯一的爱好。

刚进初中的时候，班主任让我担任班长，我却很不情愿地说："老师，我不想当班长，我想当美术课代表。"班主任当时哈哈大笑，其他同学也非常不解，大家都觉得当班长多酷啊，为什么非要当小小的美术课代表？和语数外这些主科目相比，美术课和画画这件事在班上的认同度是很低的，曾经有一段时间，我因为偏科非常自卑，觉得自己应该放弃画画，把所有精力都放在文化课上，因为大家都在比谁的分数更高，甚至连排座位也是按照考试成绩来的。

我的数学烂得让我相信，上帝已经对我关上了这扇门，一个人的天分已经决定了她适合做什么，不适合做什么，所以我没有放弃画画，而是心安理得地放弃了数学。记得有一次期末考试，我的语文考了 131 分，单科成绩排名全年级前三，而数学只考了 32 分，我的班主任恰好又是数学老师，去领通知书的那一天我忐忑不安，我原本以为班主任会大发雷霆，但他却鼓励我说："你的单科成绩非常优秀，以后高中选文科吧，你又喜欢画画，可以考美术学院。"

每周一节的美术课总是让我非常期待，每堂美术课结束以后，老师都会布置一张画画的作业，班上的同学都不喜欢画画，于是就让我帮忙，我并不觉得累，反而觉得很开心，因为每天都能画画的感觉真是太好了，晚自习的时候我会飞快地写完英语试卷，然后帮同学画美术作业，画了一张又一张，乐此不疲。

在美术老师的鼓励下，我参加了很多绘画比赛，拿回一些国际比赛和国内比赛的奖项，作品还被刊登在书的扉页上，我捧着那本书在走廊上开心地上蹿下跳。

高中以后，教室后面的黑板墙总被我和八怪承包，我们会根据不同的主题画不同的图案。

八怪姓张，是一个特立独行的男生，他剃着寸头，身材瘦高，穿衣风格就和他的原名一样文艺，叫修竹。他不仅喜欢画画，还喜欢播音主持和唱歌，在那个中学生禁止抽烟的校园里，他仍然用自己的烟酒嗓唱出了最动听的民谣，但最后却在男厕所门口踩灭烟头的时候被年级主任成功抓包。

下午放学后到第一节晚自习之间，有一段空闲的时间，所有的艺术生都会待在美术教室画画，我和小梦，还有八怪总是走得最晚的三个人。大家都收拾画具离开以后，我们会取掉耳机，一边画画一边聊天，聊以后画画的打算，聊想要报考的学校和各自的梦想。

当时的我，已经下定决心要报考美术学院，小梦想考北京的艺校，八怪有了其他打算，最后放弃了画画，不管他做什么决定，我都支持他。

过了好几年，有一天他突然在 QQ 上跟我说："这么多年你一直在那么努力地画画，还出了书，我很少佩服一个女生的。"

"八怪，你今天好矫情。"他认真说话的语气让我有些不适应，"你现在还画画吗？"

"我在做摄影师。"他发了几张自己拍的客片给我。

日系小清新的摄影风格，让我想起了当年穿着浅色衬衫躺在足球场上晒太阳唱歌的他，文艺的感觉扑面而来。他说这些年也有艰难的时候，每个人的成长过程中，都经历了那么多的美好与不美好。

画画是生命的馈赠，我对此坚信不疑。在高压，黑暗，缺氧的漫长岁月里，它就像是一束光，给了我希望。在有限的时间和生命里，择一事而终一生是幸福的，不计代价地做一件事，不求回报地爱一个人，都是由心而发的热爱和勇气。

外公外婆

外婆戴着老花眼镜，坐在门槛上细致地缝补衣服。

外婆拿着竹枝扫帚，在院子里慢慢扫落叶。

外婆在巷子里买回我喜欢吃的糖果和点心。

外婆在给我讲怪力乱神的奇妙故事。

外婆拌好了饭菜，在给两条可爱的狗喂食。

外婆在采摘土里的茄子，青菜和辣椒。

外婆在和外公拌嘴，气得转身就走。

外婆的院子里，开满了白色曼陀罗和淡紫色的木槿花。

外公在独自喝酒，自说自话。

外公坐在院子里晒太阳，手上拿着一本《中国帝王百传》。

外公又发脾气了，在数落二姨爹和舅舅。

外公穿着短袖衬衫和背心，戴着草帽，在河边钓鱼。

外公在倒热水，用白色小瓷杯泡绿茶。

外公坐在铁门前面，和邻居一起下象棋。

外公躺在医院的床上，身上插满了管子。

外公被埋进土里，墓前供着烛火和烟酒，坟前长满了野草。

记忆中最琐碎的日常，很平凡，却也很珍贵。

外公和外婆是一对欢喜冤家，每周的大吵小吵都有无数次，一吵就是几十年，分分合合的状态就像一对小情侣，吵到离婚分居又复婚，他们养育了两个女儿和一个儿子，妈妈是长女，次女是二姨妈，最小的儿子是舅舅。

外公年轻的时候非常英俊，总是西装革履地往返于重庆和苏杭二州。

外公爱外婆，但爱的方式非常极端，他讨厌外婆和一切异性接触，也总因为一些微不足道的小事，跟外婆吃醋生气，例如外婆站在门口跟隔壁的爷爷说了句话，或者是外婆穿了一条新的花裙子出门。

外公被外婆称为"老封建"。

外婆是个身材娇小，善良单纯的女人，她虽然没读过什么书，但她乐观，节约，勤俭持家，也很有正义感。不管是精神还是物质，她对家人从不吝啬于付出，有些甚至可以说是牺牲。我是无神论者，而她是虔诚的天主教徒，每晚睡前都会祈祷，求天主、圣母玛利亚降福全家。

外婆说，那是她的精神信仰。

她的俗世生活也同样丰富。

外婆每天早上六点就起来洗漱，收拾完了再拉开木抽屉，选一张音乐磁带放进磁带机里，跟着音乐抬手跨步，做早操锻炼；她在泥土里种了许多青菜，还有彩色的辣椒，也撒下了大把的向日葵种子，偶尔给芍药和绣球施施肥；她把切好的菜叶和饲料搅拌在一起，装在铁盆里喂鸡；她去菜市场上买回来新鲜的鱼，用来做红烧全鱼。

我和表弟表妹都是外婆一手带大的，我们和外婆的感情非常深厚。我比表弟年长两岁，比表妹年长十岁，我和表弟一起长大，小时候经常疯玩儿或者打架，而表妹那时候还没有出生。

外婆总是把她认为的最好的东西留给我们。有时候是秋冬季节里一壶洗脸的热水；有时候是一碗盐水煮花生；有时候是一盘煮好的鹌鹑蛋；有时候是一张五毛或者一块的零花钱；有时候是一袋又脆又粘牙的麻糖；有时候是学校老师拖堂讲解作业，她留在蒸格里的一碗温热的饭菜；她并不富裕却默默地为我们攒钱，她说这笔钱用来作为外孙考上大学的奖金。

这种被人惦记的温暖，随着年岁渐长而稀缺，变得十分珍贵。

小时候的我体弱多病，喝下去的奶粉总会吐出来，每天都哭个不停，见过我的人都断言我是养不活的，应该让我自生自灭。

但外婆从不放弃我，反而在我身上付出了更多的时间和精力，她带我看过很多医生，也尝试过各种偏方，后来还带我去寺庙，请过一些民间道士。

后来，我的身体逐渐好转。

外公病重住院的时候，家人都在轮流陪护，表弟在外地服兵役尚未退伍无法回家，我因为工作没有办法经常回去。

见到外公的那个下午，他已经瘦得皮包骨，看到我来了他很开心，意识有所恢复后慢慢坐起来跟我说话，问我工作的地点和情况，还看了我出版的第一本画集，他对我说："你工作的地方距离你住的地方太远了，来回要两个半小时，找个近点的。"

外公的器官逐渐衰竭，肺部感染严重，生活质量越来越糟糕，外婆

白雪皑皑的古寺

的眼睛每天都是红红的。她眼中那个年轻时总是西装革履、意气风发的爱人，如今已两鬓斑白，齿牙动摇，生命即将走到尽头。她眼看他被病痛折磨，连呼吸都得依靠机器，有一天，外婆用手轻轻地抚摸着外公那张干瘦的脸，在他耳边说道："老头子，我知道你很累，你扛得住就扛，扛不住就放心去吧。"外婆摸出口袋里的小方巾开始擦眼泪，外公听完点了一下头，眼角溢出了泪水。

外公的最后一面我没能见到，他在出院回家的途中，躺在车上突然没有了呼吸。再回去的时候，外公安详地躺在冰棺里，像睡着了一样，我坐在旁边陪着他，多希望他真的只是睡着了而已。

仍然要感谢张医生的帮助，陪着我东奔西跑，竭尽全力地为外公延长了半年的生命。

外公下葬那天，我们往棺材里放了他最爱的烟、茶、酒。出殡的那一天早晨，棺盖即将合上，我用手拂去了落在外公鼻子上的灰尘，他的鼻子和面部已经僵硬。而我总感觉他有未能说出口的话，我轻声对他说："外公，有什么需要可以给我托梦。"

亲人之间或许真的存在感应，在外公去世后的半年里，我几乎每周都会梦见他，有时候梦见他在冰棺里还有呼吸，身体在冒汗，我把棺盖打开使劲摇晃他，看到他醒来之后非常开心，有时候梦见他坐在院子里乘凉，有时候梦见他站在滚滚洪水中心里的一处小丘上，当我试图开口跟他说话的时候，他却总是沉默，从未对我说过一句话。

外婆失去了生命里最重要的人，没有了打打闹闹，摔锅摔盆，"老封建"也不再莫名其妙地吃醋，她的生活出现了巨大的缺失，她害怕独处，害怕孤独，常常望着外公的遗照流泪。

妈妈，二姨，舅舅轮流陪着外婆过夜。

两年时间过去了，家里慢慢接受了这个现实，外公生命已逝，只可追忆，不可挽留，生活又恢复了平静。

孩提，少年，而立，不惑，半百，花甲，古稀，所有人都在岁月的轮回里渐渐老去。

期待

隔离的日子里，在家待了43天。

读书，浇花，画画，码字，书法，追剧，做饭，饮酒，瑜伽，静坐，克服焦虑，制订工作计划。

在漫长的阴霾期里，心中开始充满各种期待。

期待阳光明媚的午后，带着一个画板，两支画笔去郊外写生，坐在草地上轻染几笔，静静地看着温柔的颜色在纸面上晕开，一切的美好都在笔尖流淌，整个下午的时光，都融化在水彩的小世界里。

期待遇见大自然的各种色调。

蓝色调，带有薄荷、迷迭香的清新气息；粉色调，像晚樱在春雨中氤氲；绿色调，是夏日里的栀子和茉莉；紫色调，是冬日里唯美淡雅的雪割草。

期待初夏的午后，一场山林里的微风。戴着一串淡紫水晶的手链，在浪漫的夏日光影里，与喜欢的你偶遇。

期待一场海边的旅行，期待收到一封手写信，期待和人讨论一本外国小说，期待一个寻常春日的午后出去晒太阳，期待和好友一起打网球，期待去箭馆，期待去转山，期待去花鸟市场，期待去阿姆斯特丹看画展，期待吃抹茶雨露，期待拥抱自己想要拥抱的人。

最好不相见，最好不相伴

不幸的人一辈子都在弥补和治愈童年，原本家境优越可以一辈子岁月静好的女生，却因为父母从小穷养和强势打压，逐渐变为一个功利又极端的心理残疾，混迹于男权社会面目狰狞地抢夺资源的模样是可悲的。

所有的感情里，如果无法感知彼此的大小情绪，无法理解彼此的举止言行，无法对彼此的人生经历产生共鸣和悲悯，这样的感情看似波澜不惊实则早已产生隔阂，道理并不会越辩越明，包容体恤对方的感受更为重要，也比在喋喋不休的论战中非要分出是非黑白好上千百倍。

当一方想要冰释前嫌让大家的关系得以缓和，主动伸出手去修复这段感情的时候，另一方的举动和言行却总让人大跌眼镜，失望的次数多了也就不再抱有期待。

一方在成长，另一方却仍然保持我们不会有错的权威高姿态，固执的一成不变，所以这段关系永远无法修复。他们不知道，一段感情和关系里并没有绝对权威这个词。总觉得自己付出了很多，但从来不考虑孩子的感受，忽略孩子童年的自尊和伤痛，他们眼中微不足道的小伤口，却在漫长的岁月里成为塑造孩子人格的一部分，难以修正和消除。

再暴烈的人也有最柔软的部分，感情里的单向付出不会能量守恒，感情中年复一年进行权利碾压摆出受害者姿态的人，总是容易消磨掉人的温柔与耐性，脱离一段缘分已尽的关系让自己进入更宽阔的世界，这是解脱。

十年来甚少回家，画地为牢把自己困在黑暗走不出去，一个人转山、拜庙、学习、看书、自我愈疗。过往的经历是定时炸弹，也像是一个敏感源，最好的方法是让彼此脱敏保持距离，互不打扰各过各的生活。回望过去的五年，张医生的确是最了解我的人，他在感情和金钱上都毫无保留地付出过，我们给予彼此认同和关怀，保护彼此的弱点，包容彼此的缺点，我们把童年、青春期所有的不安、缺憾和伤痛都投射在了对方的身上，用笨拙又激烈的方式疗伤，深爱对方却又消磨对方，最后看见那个幼稚而无力的自己站在原地。

童年和成长过程中缺失的耐心、温柔、爱，过往感情中的爱而不得和遗憾。以前，现在，未来，即使用尽所有努力仍然得不到的一切，现在不想要了，未来的生活都是属于自己的，永远要记住当下的你是最好的你，今天是你生命中最美好的一天。

第三辑　南方小镇

移目一树，收获森林

每个人都有旧伤。

一句令人心碎的话，一个放不下的人，一段无法释怀的感情。

女孩子的美和好，真诚和热烈，容不得一个男人试着去交往。

爱而不得的人不能成为朋友，若是成为朋友就会让女孩子止不住幻想，从朋友做起他会爱我吗？我是不是不够好？继续不求回报地付出，发消息、嘘寒问暖，姿态极其主动而谄媚。如此一来会让自己变得卑微，也会让彼此行至尽头。

入了心的人，最难忘。动了心的情，最难放。

连哭都失去力气的时候，是损耗元气的，不再联系才能彻底断开，这个过程痛苦而漫长，其中滋味只有自己才能体会。得到或放下，若都能如自己所愿，那是最好。尘世间的男女之情，两情相悦者为最美，棋逢对手方能得遇良人，百人厌不敌一人懂。

移目一树，收获森林，转念之间，一树花开。

喜欢一个人，长情而执着，比起得而复失和一地鸡毛，好了千百倍，所谓的放下，就是这个人的喜怒哀乐，生老病死都与你毫无关系，没有什么事情是过不去的，所有的挥手说再见，都是在学习失去。

创作

　　和一位编辑朋友吃饭，聊了很多，不外乎创作，选题，作者。他建议我选择一些经典的题材作为切入点，也可以选择当下流行热门的题材进行创作。

　　在我的心目中，艺术包罗万象，文学卷帙浩繁，生活无奇不有。能触动我的一是春花秋月，良器美物，二是喜欢的人。

　　书画癖、古瓷癖、珠翠癖、诗书癖、香药癖，人的癖好里往往有符合自己天性的深情。就像爱情，很是玄妙，有些就是第一眼的感觉，足以让人念念不忘多年。

　　大多数创作人都曾有过急功近利的状态，想切入一个前无古人后无来者的灵魂视角，搞出惊天地泣鬼神的作品，然后一举封神。我也经历过那个阶段，浮躁，焦灼，瓶颈，难产。

随着年岁和阅历渐长，我开始对生命有了更多的敬畏和感受。人的固定认知里，有些资源因为稀缺所以珍贵，钻石的价格永远比自来水的水费昂贵，这虽然是事实，但在特定环境下，却不一定是永恒不变的真理。

创作者应该忠于自己的内心，作品因真诚和真实而珍贵，勤奋是基本素质，天分更不值一提。

外行看热闹，他们认为严谨成熟的作品一定比标新立异的作品好。

受过严谨学院派训练的人，在创作中，不受任何学术背景的影响，不受任何美学原则的约束几乎是不可能的。早期造型训练中的理性、严谨克制成了后期创作的大敌，而发自内心最真实的感受和体验，却常常能打动人心。

新闻里的奇闻轶事，俗世生活中的悲欢离合，小情小爱。俯拾皆是的素材经过提炼都能用于创作。食色性也，我也不能免俗，我尤其喜欢长得好看又才华横溢的人，能否成为朋友只看三观是否契合，有时候也会觉得自己率性坦荡的样子特别没出息。

创作是作者的内心出口，是作者对客观事件的主观理解和表达、感受。创作是源源不断地输出，同时也需要大量输入和沉淀，它会滋养你，但不会供养你，它需要你用心血，精力，金钱去供养它。

聊创作、看书、观展的时候，我特别讨厌阴谋论，对作品的过度解读会让一个简单的命题变得格外复杂。人们在不信任的心理下，对事情本身进行超出事实的想象和认定，其中有扭曲、恶意、失望、宣泄。当我作为观众和读者，面对五花八门的风格和题材，我更相信仁者见仁，智者见智，只要不走进黑屋子，世界还是光明的。

生活其实很简单。

巴渝一锅煮乾坤

有一座小城，在青山绿水和云雾的缭绕之中；有一口沸锅，翻滚着长盛不衰的麻辣传奇；有一种味道，颊齿留香，热辣辣让人回味无穷；有一方人民，热情好客，把酒言欢，有划拳行令的江湖豪气。

数百年前，嘉陵江、朝天门码头百舸争流，江水拍打着裸露的滩石，衣不蔽体的纤夫饥饿难耐，将屠宰场上弃之不用的心肺、肝脏、肠肚捡回，加入辣椒、花椒、姜蒜等辛辣调料煮熟食之。原本简单粗放的餐饮方式，在历史的舞台上慢慢演变为重庆的麻辣文化，岁岁年年，生生不息。

葱花儿、蒜泥、香菜、味精、盐巴、醋、香油碟。

辣椒面、花椒粉、盐、味精、干油碟。

九宫格里满当当的食材，"咕噜咕噜"沸腾一锅，十里飘香，麻辣的气息散入市井街巷，成为了重庆烟火俗世的灵魂。

点火，红汤锅底开始冒小泡，渐成磅礴之势，翻江倒海。

嫩牛肉、毛肚、黄喉、鸭肠、猪脑、老肉片儿、飘香黄瓜、虾滑、蟹肉棒……夹起一片烫熟的毛肚，饱蘸晶莹透亮的香油碟，已然让人垂涎三尺，辛香入口，炽烫口舌却无比鲜脆，细嚼慢咽，又麻又辣又烫，令人回味无穷。若此刻再来一碗香甜软糯的醪糟红糖冰汤圆，口感细腻温和，将麻辣鲜香的味道中和，红糖的浓郁足以抚平热辣澎湃的味蕾和心情。

煮沸的太极八卦锅内精彩纷呈，气象万千。

牛油，辣子，花椒，孜然熬成红汤，如不尽长江波浪滔天，滚滚而来；大葱，番茄，香菇，猪油熬制的三鲜清汤，似嘉陵江碧波荡漾，绵延不绝。

"火锅鱼""美蛙鱼头""兔肉火锅""腰片火锅""秦妈火锅""陈眼镜火锅""二火锅"，越来越多的火锅种类和品牌融入了我们的生活，辣遍大江南北。

重庆的盛夏高达四十几度，天气预报不断地发布着高温橙色预警，整个城市笼罩在火炉当中，马路，树木，车辆，电线杆被烈日炙烤得滚烫，火锅的生意却依然火爆。

傍晚时分，总有一群人围着火锅，佐以冰西瓜，啤酒，瓜子花生，谈天说地，嬉笑怒骂。一杯又一杯冰啤酒下肚，有面红耳赤，汗流浃背的男人，毫无顾忌的将上衣脱下，随手一扔，赤膊上阵，继续喝酒划拳。

火锅中沸腾的不只是红油，还有重庆人的豪放和爽快。

接风洗尘、友人惜别、合家团圆、金榜题名、生日贺岁，没有什么情感和情绪是一顿火锅融化不了的。呛出的眼泪，口齿舌间流过的麻辣红油，烧得通红，一路滚滚而下，在胃底汇成了滚烫的熔岩，即将喷薄而出，令人头晕目眩，万分畅快。

去过许多城市，走街串巷，最亲切的声音莫过于重庆街巷中，火锅店内传出的那句：好香！好辣！好巴适！好霸道！

植物气息

墙上的木花瓶里插着桃树枝，一枝野趣，房间顿时蓬勃生春，窗外杨柳风拂面，杏花春雨沾湿了行人的衣裳和头发。

南方阴雨绵绵的季节，空气里总弥漫着香樟的味道，有时为了静心会独自去寺庙，寺庙里的师父会给我一个苹果。苔藓景象总会让寺院的一砖一瓦充满生机，内敛，温润，就像是进入了空旷的森林，有清新的植物气息。

一盘点心，一支香，一个人在家泡茶。

高山乌龙，奇丹，佛手，正山小种。

夏天的时候将柠檬切片，加入蜂蜜、几片花盆里的新鲜薄荷，泡成柠檬薄荷茶，若加入冰块就更为清心，叶片中的清凉因子在口腔中发散，

慢慢地汇入五脏六腑，令人神清气爽。

此时，重读王国维的《人间词话》，一字一句，皆有雨水缓慢渗透进泥土的感觉，在纷繁扰乱的心绪里，突然多了一分静气。

绿薄荷、柠檬薄荷、迷迭香，家里种满了香草植物。修剪迷迭香，有清凉辛辣的气息，这种气息让我想起松节油，想起油画布上的蓝色大海，想起冬日的月光。

人类有意识层次和能量层级，植物也是，在和花草的相处过程中，我慢慢摸索到它们的脾性和能量所在，我像迁就亲密的朋友一样去迁就它们。

有些植株青绿光亮、挺拔，生命力顽强，偶尔浇水无须特别打理，任其野蛮生长；有些植物喜温暖明亮，盛夏需遮光降温养护，避免暴晒；有些植物栽于室内，叶色清透，喜温暖湿润。

家中的茶几上摆有青花瓷瓶和双喜小瓷罐，瓶中的花枝会根据季节更换，有时候是蓝莲花，有时候是满天星和西洋牡丹。清秀端庄，别具一格。

卧室的角落里有高大硬朗的大型虎皮兰，还有粗瓷花盆种养的多肉。小型植株摆放于餐桌，也曾养过一株灵芝，色泽油润艳丽，线条柔和。还有金鱼花吊兰，小小的叶片碧绿可爱，充满童趣，开出的花朵就像灵动的小金鱼。

画桌上的玻璃瓶里插着两支翠珠，花瓣脆弱，一碰即落，画纸上沾染了细碎精致的白色花瓣，让人想起轻轻飘落的初雪，画完作品以后，仿佛能闻到淡雅的植物香气。

夏天喝的薄荷柠檬茶，秋天喝的桂花酿，红烧鱼出锅之时撒上的木姜子。

幽微，热烈，清新。植物气息总能给人丰富而宁静的感受，有人间烟火，也有清雅傲然，细腻玄妙。

喜欢有植物气息的男性，谦卑，低调，淡泊。

他们眼界开阔，品味不俗，对待感情专一且温柔体贴。有干净的皮肤和健壮的体魄，手臂结实有力量，挺拔如修竹。不唯有超世之才，亦有坚韧不拔之志，即使话不多，穿简单的棉布衬衫和球鞋，身上散发的独特气质也能让人深陷其中，无法自拔。

开悟，正觉，平和，仁爱，无私，宽容，接纳，乐观。

和这样的人相处，如同进入人迹罕至的超凡之境，让身体、灵魂、精神皆可栖息，得以修复和滋养。

距离

陷入一段单相思，不管对方是谁，与人交往的前提是互相尊重，保持应该有的距离和礼貌。

一个不符合你择偶标准的人，被拒绝以后仍然死缠烂打，对彼此的生活都是一种影响和伤害，也会将对方越推越远，换位思考一下，己所不欲，勿施于人。

每个人的个性不一样，承担后果的能力不同，别人的建议很难与自己的心境、方式相契合。

男性的思维方式大多果断理性，女性的思维方式更多维度，也更容易情绪化。

拒绝女孩子表白的时候，往往是越狠越好，有礼貌的拒绝会让女孩子觉得一直有希望，她们会前一秒伤心，后一秒重整旗鼓，蓄势待发，最后让自己陷入一种又爱又恨又纠结的境地。女孩子常常不愿意接受被拒绝的事实，一个人的时候容易情绪低落，在家崩溃大哭，抑郁到什么事情也做不了，她们在这种心境里难以跳脱，如同身陷流沙，越是挣扎沦陷得越快。

她们会搜集并保存与这个人有关的一切，文字，照片，记忆，甚至是这个人无意间给过的一个橘子，有些感情经历在她们的生命里刻骨铭心，一辈子也无法抹去，最后参半着一些幻觉，过了一生。

但纠结的始终是自己，对方毫无感知，不痛不痒。

少胡思乱想就会好过很多。

文房

想在一个寻常山夜里，走进一间属于自己的文房，古朴清净，院落里种满竹子，绣球，桂花树和茉莉。

文房陈设，仍是自己痴迷的东方美学风格。

有笔架、砚台、水中丞、墨匣、印章、书灯、香炉、酒、茶、枯木怪石、青花虾纹水盂，琉璃镇纸。

有紫檀案几，书架，书柜，壁上有书画，青瓷盆内有游鱼二尾，灯影松枝相交映。

静坐，写字，画画，读万卷藏书，生熟宣备齐，牛骨裁纸刀。不以阶级流派，不以精华糟粕论创作，雅俗共赏。

书架上可以有《百年孤独》《宋词三百首》《人间词话》，也可以有《金瓶梅》《洛丽塔》；可以有莫奈、达利的画册，黑格尔的《美学》，也可以有《猫科男友的逗弄办法》《野兽主义》的狼篇羊篇。

甚至可以有一些难登大雅之堂的不入流著作，但就是不能有和女德女训相关的作品。

文房不是纯一不杂之地，它可以有阳春白雪，也可以有声色犬马，它可以修身养性，也可以云雨高唐。

不论是公共场所，或是私下，我都非常厌恶男性跟我谈论"性"这个话题。我独自创作此类题材可以称为暗爽的私人美学体验，他们跟我或隐晦，或大方地谈论则称为性骚扰。当然，我喜欢的人除外，那称为闺房情趣。

书柜里未必都放书，可以有茶有酒有饮具。

六大茶系不必都备齐，挑自己喜欢的就好，高山乌龙，奇丹，还有一些茶苑的原创手工茶，诸如山苍子花茶，蜡梅红茶，桂圆老白茶。茶壶的质地可根据冲泡的茶类多备两把，一定要釉色均匀，器型周正；公道杯和单杯的备选，应有细腻如玉的甜白瓷，薄而平滑，或有浅浮雕手工粉彩的图案，也有古朴亲切的纯手绘釉上彩。

高度酒让人宿醉头痛，低度酒甚好，夏日加冰清新爽口，冬日温酒微醺温柔，醉眼看花。

文房内还应有植物，古人大多只求清雅不宜多置，对植物的造型、陈列、器皿非常考究。而我追求繁盛葱郁，墙上可以挂如瀑般的常青藤，案前放一株秀气挺拔的文竹，泥土上覆盖着柔软绵密的苔藓，做旧的大彩蝶瓷碗里养着碗莲，粗陶罐里盛满清水，有修剪过的大束鲜花，瓶瓶罐罐里还栽种着肥厚的老桩多肉。

文房的方寸之间皆带植物的恬静绿意。

工巧、稚拙、方正、雄浑、秀逸、古朴、潇洒、端庄、险劲、怪奇。字画中有格局，有审美，有气象万千。而文房壁上的书画作品，审美风格无须随主流，也无须刻意追求独特冷僻，可以是友人赠予的墨宝，也可以自己瞎造，只求悦心悦己。

还应有不庸俗不无聊，彼此欣赏的恋人，这个人有好看的皮囊和有趣的灵魂。当我推开房门，看到他坐在案前安静地看书，就会想起窗前落满白色梨花的纯净柔软，他让我犯花痴，让我不清醒，让一个文艺女青年感叹半缘修道半缘君。

文房如此，甚好。

私人生活

　　觉得家里应该有更多的植物，于是提回几十斤腐殖质土，在小小的加仑盆里，撒上不同品种的牵牛花种子，皇家芭蕾舞、天堂蓝、月光花。

　　松土，浇水，种子破土而出的时候有新生的喜悦。还有薄荷苗、金桔、柠檬树，颜色柔和的爬藤蔷薇，藤小伊、粉色龙沙宝石，精心照顾，看它们开出精致的花朵。

　　声音，气味，颜色，环境，它们都会与人的情绪产生链接。

　　把家里的画架、画具、书本归置整齐，桌椅擦拭得一尘不染，蹲在阳台的木架前观察肥厚的多肉植物。

　　未干的墨痕，多肉植物上的小露珠，杯盏里的残茶，台灯下的小飞虫，缓慢转动的时针和分针，衣物上香水的温暖后调，厨房里热腾腾的糖水和银耳羹。每天都在不遗余力地创造着自己想要的生活，这是让自己保持正念的一种方式，身处有温度的空间，能让人在心灰意冷的时候感到温暖。

一个人的高光时刻有多闪耀，背后的阴影部分就有多寂寥。事情糟糕到一定程度就会触底反弹，一切会慢慢好起来。

平日里家中无人来访，也不轻易邀请任何人来，把客厅改造成了可以画画的地方，原木色调的桌子和格子柜，柜子里放一些书本，水晶球和干花玻璃罩，木画框里有 21 岁生日的时候好朋友画的水彩画，用有个人印记的薄壁瓷杯一个人在家喝低度酒，粗陶罐子里盛满清水，插上粉色玫瑰和芍药。

简化自己的生活，蔬菜、肉类清洗干净，为自己下厨做饭，清理冰箱里过期的食品，手机短信，不必要的情感链接。处理工作上的事情，也写书稿，闲暇之余会看一部电影，读一本小说，也会与亲近的好友聊天。

从大学到现在都很少回家，每想到要回家总会感到焦虑和烦躁，对原生家庭的感情复杂，不曾提笔写过，也不愿意下笔去写，去回忆。每个人的经历，感受不同，人和人之间难以有共情和怜悯，有时候甚至会遭遇简单粗暴的道德绑架。

一边努力工作一边自我愈疗，旧伤复发的时候，会想要自我放逐，人是多面的，既是活泼开朗的，也是敏感自卑的，甚至是有自毁倾向的。在不被爱模式中，爱是洪水，是猛兽，让人惊慌失措想要逃离，也无法

和自己深爱的人确立关系。

即使没有世俗意义上的婚姻，仍期待未来会有一个女儿，她会喜欢艺术，会和我一起画画，会亲密无间地跟我讲内心的悄悄话，我们是母女，也会是很好的朋友，一起成长和进步，共同深入了解生命。

民俗

曾去过一些少数民族的村落。

喝过岩间滴下来的泉水，走过黄昏时分慢悠悠的古城，吹过来自大草原的风，扛着相机爬过终年白雪皑皑的雪山。那些广阔又苍茫的记忆，在渐长的年岁里慢慢变成了心底最微妙的美好存在，也贯穿了我的整个青春和生命。

湛蓝的天空，刺眼的阳光，一望无际的旷野和森林，沿着山路往上走，红色山坡上有密密麻麻的瘦硬的仙人掌，粗糙的泥地上长满了茂盛的野草和花朵，有带着孩子的放羊人吆喝着从小路上走过。

路边有一位卖石蜂糖的女人，她跟前铺着一块厚厚的麻布，布上的黑色塑料袋里放着岩石一般的石蜂糖，天然石蜂糖呈现出偏橘的琥珀色，上面还覆盖着干燥的苔藓，散发着浓郁的天然花香，卖糖人用刀将完整的石蜂糖敲碎，把大块和小碎块一起放在秤上，称好重量再递给我。

远处的山林宁静而深邃，湖边停放着整齐排列的小船。

微风徐徐，萦绕着水生植物的香气，清幽宁和。我坐上一艘小船，将手掌伸入湖水里，有清凉入骨的感受，湖水清澈见底，有断裂的树干和水草在粼粼的水波里轻轻晃动。

村子里有大大小小的天然干草垛，有女人坐在院子里抽烟，晾晒萝卜干，做竹制编制品，焚烧的干稻草散发出亲切沉稳的味道，那种味道属于童年。

坊间摆着大缸的深色染料和织布机，栏杆上挂着一匹匹自染自织的布，泥染植物自带一种通透浓郁的经典感。

带有当地特色的纺织、印染、以及重工的手工绣花，古朴纯正，一针一线，黑色的裙底上渐渐绽放出紧致细密的华丽，乍一看过于艳俗，并不符合当下的审美和潮流，但仔细端详，却发现那些图案绚丽夺目，皆有独一无二的个性。

彩色丝线和金银线穿针而过，布匹上便有了日月云霞，树木山水，小虫小花。

那些精美异常的上衣、半裙、围肚、腰带、绣鞋，织工精细均匀，既柔软又带着筋骨感。

山里的老奶奶还做百家被，她们戴着老花镜，飞针走线，层层叠叠，红绿，橙蓝，黄紫，点线面和撞色的跳脱搭配，织出了可爱的动物图案，就像小时候外婆做的虎头鞋，每一件都值得珍藏。

可老奶奶却说，这只是简简单单的小被子。

这样的手工被子，一个月只能做两件，其中一位老奶奶已经去世了。

当地人不论男女，身上都佩戴着一些首饰，湖上划船的船夫，结实粗壮的手腕上戴着宽扁厚重的银镯子，女人胸前繁琐细致的项圈，耳垂上的夸张纯银花朵耳环，鬓边的鲜花，头发绾起来盘成发髻，用银饰点缀，大方得体。

我的洒脱和率性与生俱来，白天在野外写生，采摘露天的野花，晚上在海拔四千米的地方和当地族人围着火堆一起跳舞，我喜欢那种载歌载舞的欢愉。

每年都会去不同的村落，短暂的居住一段时间然后离开，再回到自己的城市。

回忆起那些清净的日子，就像泉水无声地浸入山石缝隙，虽然缓慢却极具力量。

一直往前走，经历着人生的不同阶段，遇见不同的人，周转于各种场合，心境会发生改变，时而大风，时而晴雨。新的感受和旧的记忆开始碰撞和交织，曾经用心走过的长路，仔细体会过的心灵感受，都在源源不断地给我带来蓬勃的生命力。

　　它让我在被生活困在囚牢的日子里，感受到了真实的柔软和温暖，可以将微弱的火种再度点燃。

第四辑　秋收冬藏

愿你归来，仍是文艺少年

几年前，我经历了一次黑暗漫长的人生低谷。

外公去世后仅隔四个月，和我无话不谈的友人小曼也因为淋巴癌而离世，她很年轻也很优秀，拿到了世界名校的硕士学位，回国才刚刚结婚。

小曼是个时尚前卫又骄傲的女孩子，从来不在朋友圈表露出一丝悲观的情绪。她总是乐观的对周围的朋友说她很快就能出院，到时候大家再一起相约伦敦。

粗心大意的我对她生病这件事情毫无察觉，更不知道她的病情已经非常严重，还在给她抱怨我在工作中遇到的奇葩事儿。而她也一如往常地回复我，仍然是那种调侃俏皮的语气。

不久我在小曼的朋友圈看到一张女孩的照片，那个女孩肤色蜡黄，没有头发，整个人已经臃肿变形，脖子上还有一个可怖的巨大肿瘤，我反复地看了照片上的那个人，觉得似曾相识，当我反应过来的时候，脑袋里突然一阵轰鸣。

照片上那个女孩是小曼。

医生告诉我，高侵袭性淋巴瘤恶化得很快，让我做好心理准备。

那段时间我经常给小曼加油打气，也用尽了自己所有的资源去帮助她。然而不到两个月，她的微信头像突然变成了灰色，一种不祥的预感袭来，我点开了她的朋友圈。

"爱妻于 11 月离世，走得很安详。"小曼的最后一条朋友圈，是她的丈夫发出来的。

她回国的前一年，我还试图撮合她和我的表哥，记得我当时嬉皮笑脸地对她说："我家学金融的哥哥也是海归哦，你们一定能聊得来，等你当我未来的嫂子，哈哈。"

而如今，人死如灯灭。

外公和友人的先后离世已经让我难以招架，我又因为工作上的失误被单位劝退，不久后，已经谈好的出版社又告知我，我的画集因为颜色和风格原因无法出版。

在山区支教的他

一连串的打击让我的精神遭受了重创，心情持续低落。

我走在街上会突然哭起来，成天把自己关在家里一言不发，趴在床上崩溃大哭。

我在家里摔书本，摔枕头，摔杯子，摔一切东西，把卧室和客厅搞得一片狼藉。

祸不单行，我的右眼在这个时候出现问题，被送上手术台，医生让我保持心情愉悦不要流泪，不然伤口会感染。然而，心理状态彻底崩溃的我眼泪根本就控制不住，我开始自我虐待般的不吃不睡，身体越来越虚弱。

而我的家人一部分在外省，一部分在轮流陪护有心脏病的外婆。我最亲近的两个闺密，一个回了河南，一个远嫁厦门。

那一天下着大雨，我需要去医院给右眼换药，就在我走出小区路过一片草坪的时候，突然眼前一黑倒了下去，下雨天路上行人不多，我晕倒之后淋了很久的雨才被附近的环卫工人发现。

伤口感染发炎，营养不良的我免疫力低下，开始高烧不退。

我又被送进了医院。

住院的那段时间，我的精神状况和情绪都极不稳定，意志消沉并且抗拒治疗。

如果说漫长的黑暗中总会出现一丝微光，那我生命中的微光就是他，他在黑暗里对我伸出了手。

有一种发小和死党，不管你的情绪和状态有多负面，不管你变得多么糟糕，不管这个过程持续多长时间，他总会一边嫌弃你，一边在你人生中的关键节点出现，给予修正和指引。

他是跟我一起画画，一起长大的摄影师好朋友，也是一位优秀的外科医生。

每次出去吃饭，他总是很爷们儿地说一句："我从来不让女人给钱。"

画画的女生常常脑回路清奇，这么多年来，我总是莫名其妙地给他搞出很多事情，给他提各种毫无道理的要求，而他总是一声不吭地帮我背锅。有时候回想起来心里会觉得很愧疚，这段友谊里，我一直在对他索取。

那段时间他一直在开导我，给我说了很多话，而我的反应总是很冷淡："嗯、哦。"要么就是一边发抖一边哭。我隔三岔五就给他发消息，持续地传播负面情绪，后来他终于看不下去了。

"今天我带你出去玩儿吧。"他说。

"不想出来，我想在家等死。"我一如往常的自暴自弃。

"那明天要不要出来吃饭？我知道有个地方不错，我可以带你飞。"他的消息弹过来。

"不。"我把手机丢在床头柜上，趴在床上又开始哭。

"专注地做一件事情，事情也会变得单纯和简单，想法太多也会顾此失彼，我的朋友就这么几个，我希望你们都过得好，要看病我可以带你去，不要乱找医生咨询。"他回复道。

我不再回复他的消息，把自己封闭起来，我辜负了他的帮助和好意，那个时候的我是如此病态和糟糕，他不仅没有对我说过一句重话，还源源不断地给我带来能量和暖意，帮助我走出了人生低谷。

后来的岁月里，每当我郑重地跟他说谢谢，他却总说："都这么多年朋友了，你要帮忙我肯定义不容辞啊。"能遇见这样的朋友，我是幸运的。

他是病人口中的"医生"，也是我叫了十几年的"老前辈"。

"老前辈"这个充满沧桑感的绰号源于学生时代一起画画的时候。

宽敞的画室里排列着木制画架，散发着松木的味道，温暖的灯光打在洁白的石膏头像上，轮廓起伏分明。

他坐在画架前低头削铅笔，细小的木屑和碳粉顺着刀锋轻轻滑落，一支支修长尖锐的铅笔被放进透明的笔盒子里。他开始认真专注地排线条，戴着耳机安安静静地沉浸在自己的世界里，时间变得很慢。

他画的作品不论是构图造型、还是色彩层次，都非常的完整丰富，常被老师表扬。而我和璇子，经常拿着笔在一旁疯玩儿，打打闹闹，终于有一天他忍无可忍，转过头来用无比鄙视的眼神看着我们，冷冷地说了一句："拿铅笔死涂勾边是画素描的大忌，要是不会画画就多向老前辈请教啊！"

我和璇子先是一愣，紧接着嬉皮笑脸地接话："老前辈，怎么画啊？我们不会，你教我们，哈哈哈哈。"

他翻了我们一个白眼，转过头戴上耳机不再搭理我们。于是，"老前辈"这个绰号，就从那时候起，一直被我们叫到现在。

老前辈是 11 月 20 号出生的天蝎座医生，他走路喜欢戴耳机听音乐，有完美主义和洁癖，家里总被他收拾得干净整洁。他的性格里虽然有一些以自我为中心的小缺点，但处理事情非常冷静，外冷内热的他看似玩世不恭，但内心却充满了正义感，有个性也有血性。

他喜欢诗经，喜欢五月天乐队，喜欢兰帕德，喜欢那不勒斯咖啡，喜欢旅行，喜欢踢足球，喜欢画画和摄影，有才华且自律。

他平时总是冷着一张脸，但笑起来很孩子气。

他常穿一些质地优良的衣服，就连雨伞之类的小物件也很讲究，他的审美能力好到我一度怀疑他到底是不是直男，然而，钢铁直男属性的他却非常喜欢一种类型的女生，那就是在直男眼里清纯甜美，在女生堆里一定会被排挤，想法很多心机很重的"绿茶婊"。

"太传统的女生很无聊，我的女朋友，要么是学语言的，要么是学艺术的，反正不要跟我一样是学医的。"这是他的择偶标准，我们听完以后都不明觉厉地点了点头。

"可是你以前交往过的那两个画画的女朋友，她们都不是省油的灯啊！"神经大条的我开始神补刀。

"你今天是哪根筋不对？"他用余光地扫了我一眼。

他曾经为了一个女孩子竭尽全力地付出过，一个理性冷静的人，面对爱情也曾做出过许多令人匪夷所思的举动，那时候的他不惜一切代价，拼尽全力地想要给对方幸福和未来。那段感情里，他是爱得更多的那一个。

当我为他找到人生伴侣而开心的时候，他却告诉我："我们彻底结束了，我曾经努力挽回过，做了很多傻事，但我不后悔。"

"没什么的，你这么优秀，而且喜欢你的女孩子那么多。"我安慰他。

"我不想再付出什么了，精疲力竭，爱情都是骗人的，我永远都忘不了那两句话，伴随我走入人生的最低谷，我宁愿再洗一次胃，也要控制住奔逸的神经递质。"他用忙碌的学习和工作来麻痹自己，每天在医院，实验室，宿舍过着三点一线的生活。感情和缘分真的是一件很复杂的事情，跟社会地位无关，跟学历收入无关，跟人品性格无关，他是那么好的人，我不明白他的爱情为什么会变成这个样子。

他就是长辈口中那个"别人家的孩子"。他的考试成绩总是名列前茅，假期的时候总把自己关在家里做各类试卷，除了画画和写字以外，他还擅长摄影，拿回了很多摄影类奖项，他镜头下的摄影作品堪比地理杂志上的图片。

除了他的感情以外，还有一件事情让我至今不解，那就是条条大路通罗马，他却选择当医生。

在我看来，医生这项工作非肉身凡胎所能承受，或许因为他的爸爸是医生，当医生便成了他们家的优秀传统。

在医科大学读书那几年，他做了很多事情。摄影、旅行、支教、担任学生会主席，成为众多小学妹心目中的"优秀学长"。网上说的那些〈一生中必须去的 N 个地方〉几乎都被他走遍了，他说一辈子很长，选择很多，有点小冲动也不是什么坏事，只不过有两件事一定要好好做，一是好好学英语，二是好好练腹肌。

他去山区支教的那个假期每天都过得很开心，他说那些孩子又乖又聪明，他们只是缺少一个机会和一个环境，他称他们为"小萌物"，还教他们画蛋壳。支教结束后他一路辗转去了西安，他迷恋一路前行的自由和放荡，他的镜头里有灿烂的笑容，有大山里美好的暑假，还有无比亲切的蚂蚱。

一个失眠的雨夜里，他的耳机中突然响起了《那些花儿》，他回想起

在雪山上拍照的他

过去的那些日子，心中一个颤动，竟泛起一片泪花。他曾想留住自己的摄影梦想，把所有得了 Bride or Groom Alone Non-Wedding Day 和 Wedding Details 顶级婚纱摄影奖的摄影师都关注了。

医科大学门口的毛主席像伸手告诉他本科要读五年，他却说压力再大又怎样，总要让自己成长起来，哪有过不去的坎，他在这里找到了医学梦想。

他每天都在为各种学习和考试做准备。有时候为了备考可以连续战斗四个夜晚，最后象征性地睡一个小时，以防考试的时候暴毙喷监考老师一脸血。即使马上要停电抓瞎，但药理考试制造的学术氛围也足以让他长跪不起，对他而言，一份实习报告的分数关系到自己后半辈子的尊严。

他在本科时期最后一场足球赛里撞穿了脸，缝了七针，我当时扼腕叹息，这么好看的人居然破相了，他周围的小迷妹们一定会非常伤心，所幸他恢复得很好。

他曾经写过一些文字，记录了自己曾经收获的友谊和成长。

有了艰苦卓绝的经历，才有风雨同舟的凝聚

2008 年的时候，就来了大学城，那时候的大学城，陈家桥还一片苍凉，缙云山上俯瞰的是满眼苍绿。上一次爬后山，是大一的时候，那次班级出游，班长找好了地方，我们只管跟着走上去而已。一转眼，大三了，有了一个庞大的团队。一个人骑着车拼命地往山上爬，想了很多事。之前有太多的负面情绪，很简单，如果带不好这个团队，就趁早滚蛋。那怎样去衡量我是否带好了这个团队呢？很简单，就看能不能组织起一次活动，如果大家都很开心的愿意来，那么你这个老大勉强算是及格，如果大家都各种理由请假，那么，活动都不用做了，辞职，滚。

为了给自己一个机会，提前两周就在预约百忙之中的小孩们。我不敢有丝毫的懈怠，骑车上去联系好农家乐，第二天怕大一时走过的山路出现问题，又和勤劳善良的常同学上去检查了一次。回来又赶做了一张"海报"，我不想让别人觉得我不用心，只是闹着玩儿，就像第二天，安排好了买菜的孩子，还是要去给他们照相，和他们一起去经历早起的"痛苦"。虽然很伤心的还是有小孩请假了，我理解，要上课，错过了活动。但是你们很不幸地遇上了我这个有一点点强迫症的老大，乖乖受罚。我不知道这样的遇见，错过是福是祸，至少对我来说，这是给自己的一个机会，一个理由。

团队，团伙，一字之差，差之毫厘，谬以千里。

团队和团伙的区别，就是对于某一群人，理论上叫凝聚力，实践上叫执行力。一个优秀的团队，一定是所有的队员一路上风雨兼程，肝胆相照走过来的，那么重点就在于，要想一个团队凝聚，培养集体荣誉感，最好的办法，就是一起去经历困难，每一次经历的团队信任危机，都是团队建设的最好契机。

假期去支教的时候，对团队总算是有了一个全新的认识，那时候，一起吃潲水，一起在闹停课后嚎啕大哭一场，一起在停水四天后奔袭数里之外洗衣服，一起吃完夹生饭和400斤土豆，一起睡在闷热潮湿的水泥地上。太多的困难让我们有太多的理由生死不离。然而现在，总有一些不起眼的小事，让我不知所措。

迎新志愿者的时候，我就听说有个小孩家里有个"贤内助"，不管做什么事情都会陪伴在身边，原来好基友披星戴月地去买菜，他也会在一起。每次开完例会，总会有一排手挽手，肩并肩，每人一个双肩包，专业挡路，身高体重一个LEVEL的女生，走在中间那个一定是家里有太上皇的女王陛下。还有一些呆萌身高差，一起滚床单的好基友，外表温顺内心狂野的大厨，只会傻笑的可爱大饼脸，绝对有故事的萌妹子，做事情永远不用你担心的女汉纸，娇羞的土豪妹，累成死狗的蛋蛋同志，悄无声息的技术宅，以及屁事不会只能洗盘子的猪一样的队友，等等。

这是怎样一个团队，对号入座吧。

来大学城5年了，如今现在再从缙云山上俯瞰，满眼是拔地而起的公寓，校园，商业街，中央公园，也许5年可以改变一座城市的面貌，却不一定能让一个组织走出墨守陈规的怪圈里。建立一个团队绝不是一天，一个月的事，也许会是一年，甚至无法在我的任期里完成，但我相信今天所做的一切都是为明天的高楼大厦而打下的地基，而我和那些或神或猪一样的队友们，正在经历并克服着坚若磐石的困难。

一个强大的人，就是会随时调整好自己，一个强大的团队，没有过不去的坎。总要给自己一个理由，风雨兼程地走下去。

——致我最爱的队友们。

落笔于 2013 年 11 月 11 日夜

你是我的流浪，还是我的故乡

流浪在一座城，让时间失去刻度，惯性的生存。日出而作，日落而息，为了节约一枚大洋的公交车费，有时会扛上数十斤重的设备，横穿整个城市，仅仅是为了记录在这座大城里，岁月沉淀出最平凡的真理。没有流浪过的人不会理解这些。在流浪者的心里，一座城市，不再是冷漠的外表，而是温暖心悸的来源……

有一座城，叫西安，你是我的流浪，还是我的故乡？

2014 年 4 月 16 日

"你以前画画那么厉害，为什么要去当医生啊，当医生好累，还不如来美院我们一起画画啊。"时间过了一年又一年，往事已如烟，曾经的一起画画的朋友都已经天南海北。每当我感受到他超负荷的疲惫时，总会产生一些疯癫幼稚的想法。

他毕业的时候，我仍在美院念书，有一天他来美院帮我拍照，我当时竭力劝他弃医从艺，这么多年我一直坚信，他在艺术领域的造诣一定是远远大于医学领域的，他曾有过一些纠结和动摇，后来还是在医学道路上一去不复返了。

他说，他已经忘了自己想要的样子，发现的时候很无助。

他说，自己也许该接受平凡了，或者说，是平庸。

他说，即使过着猪狗不如的生活，也要继续把博士念下去。

现在回想起来，当年我劝他弃医从艺这件事，如果被他家教甚严的爸妈知道，他爸妈一定会说："这种离经叛道，整天胡思乱想的女生，不要再跟她来往了！好好学医才是正事，不要耽误自己的前途！"

他的妹妹带我去他的外婆家吃饭，还给了我一堆漫画书和小说，做饭的时候我想去厨房帮忙，但外婆和舅妈说我是客人，让我坐着休息就好，外婆虽然年迈但朝气十足，舅妈温柔又热情，最后推开门进来的是他的妈妈，估计她已经知道了我曾经劝他弃医从艺的事儿，从我上桌子吃饭到离开，全程看到她的一张冷脸。

在我看来，医生这个职业违背了人类的天性，既没有白天黑夜，也没有私人生活，他总是有处理不完的急诊，突然被叫去手术，不慕窗外灯红酒绿，埋头科研坚守至今。作为他的死党，我寻思了很久之后，决定要给一把年纪的他寻找一个完美的人生伴侣，帮助他早日走向人生巅峰。

我开始撮合他和我身边可爱的女朋友们，他随之遭遇了一群花样美少女和妈妈们的暴击。后来他对我的行为非常无语："女人就是容易冲动，请你冷静一点，请你理智一点，不要乱来，不要把我的微信名片随便分享出去，我明天要去截两条腿，给你直播手术现场，看你还敢不敢嚣张。"

他常把万般皆下品，唯有读书高挂在嘴边，除了上班，搞科研，他每天都在背单词。

他说，坚持背单词不是请客吃饭，不是庸常生活中的琐碎小事，它是一种态度，是一种不死欲望，是疲惫生活中的英雄梦想。一切娱乐性节目都是他觉悟之路上的障碍，他背单词是为了让自己的人生得到升华，之后再去读《欧洲艺术史》的时候，就能感受到来自马蒂斯的召唤，能感受到 15 世纪佛罗伦萨扑面而来的艺术气息，感受到自己的生活开始被艺术所主导。

他说，看尽单词江湖潮起潮落，云卷云舒，春去秋来，变的是 stage，不变的是 style，他给自己打了一卦，从八卦星盘命数紫微斗数来看，他都应该是个无所不能的人，背单词这种人生中的琐事怎么能难倒他。理想国里最后的结论是，每个人做好自己分内的事就是最大的正义，就像对他来说，拯救大龄剩女，帮隔壁王奶奶照顾猫，维护宇宙和平都是他的分内之事，但他还是做了艰难的选择——把单词背完。

他知道我所有难以启齿的尴尬事儿，也看过我在感情上一路踩过的坑，有时候他的身份是私人情感顾问。

"Focus on what you do？感情就这么重要吗？我只是很看不懂你的一些选择，有些是明显违背一般事物规律的决定，你为了那个人搞这么多事情，有意义吗？你为了那个人做这些，有意义吗？最终呢？结果当然是坏的，因为这不合理，这是违背三观的事！这种想法要坚决扔进烧得滚烫的火炉里！你不是农民，不是没读过书的家庭主妇，你的认知能力被狗吃了吗？你读的书读到哪里去了？你是受过良好教育的人，一向知书达理的你不应该是这样，这个人不值得而你值得更好的。当初劝你不要搞这些事情，可是你听了吗？你听了吗？自己搞这么多事情为什么不过一下脑子？我现在还在值班要收急诊，你自己去反省一下！"

我分手的那一天，他正在值夜班。

那个晚上我被他骂得狗血喷头，却并不觉得委屈，心里反而舒坦了不少，或许，这就叫做置之死地而后生，他知道我是一个高傲的人，不会让自己再继续卑微下去了。

后来，一场突如其来的创伤几乎让我的创作生涯面临终结。他理性地分析了情况之后，告诉我该如何去处理这些事情。但这一次，我和他却因为意见不合发生了争执，我不明白他为什么要那么做，我既绝望又伤心，直接对他吼："以后不要跟我说话！再见！"我把他列入了黑名单，决定老死不相往来。而他觉得我的想法不成熟，他分明已经为我做了最周全的考虑。

过了很长一段时间，我的人生开始慢慢出现新的转机，我决定要回过头去，跟他道歉。

"我不介意，事情过去了我懒得争论，如果你还觉得我是朋友就必须相信我，我当时的决定是正确的，你需要接受我的逻辑。"他还是和往常一样，典型的思辨型直男逻辑。这件事情就这么过去了，丝毫没有影响到我们的友谊，我们还是好哥们儿，一辈子都是。

记忆中的他不是那个忙碌，持续焦虑，穿着白大褂的男医生，而是那个穿着球服在足球场上奔跑，戴着耳机坐在画架前安静画画，扛着相机四处旅行，走走拍拍的文艺少年。现在的他没有假期，有的是各类考试，有的是体能压力，精神压力，心理压力，可能忙到吃不上饭，家人生病了也无法陪同，但还要时刻保持头脑清醒。

因为是很亲近的朋友，在我状态不好的时候还要接收我的负能量和坏情绪，无下限地迁就我，他跟我说过很多的话，有些话我当时虽然没能明白，偶尔还会反驳他，但是他从来不会跟我计较，这样的朋友，一生中并不会太多。

每个人的成长过程中，都经历着痛苦，混沌，挣扎，迷茫，患得患失，以及原生家庭带来的创伤，执念太重就会画地为牢，而我，总是把不安和软弱投射给他，往后的岁月里，我希望自己在这段友谊里不是继续索取，而是给予他更多的温暖和能量。

关于暗恋，十四岁的夏天

那一年，我反复听着复读机里的美式英语磁带，用彩色记号笔在教辅书上勾画重点；那一年，阳光刚好照在教学楼外墙密密麻麻的爬山虎上；那一年，班上的男生悄悄讨论着年级上哪个女生长得最好看；那一年，每周六我都期待着和他一起上英语补习班。

这个人在其他人眼里或许很普通，或许很不起眼，或许就是穿着衬衫和简单 T 恤的十四岁少年。

或许到现在，我也不知道究竟喜欢他身上的哪一点。

他是 6 月 3 号的双子座男孩，在英语课上会突然流鼻血，每次都引起同学的围观；他很孩子气，课堂上会仔细研究上节课同学留下来的捏捏球玩具；他喜欢运动，课间休息的时候，偶尔会和同学一起，在院子里打乒乓球。

五月的中学校园里盛开的海棠花

有些事情过了很多年他仍然不知道。

他不知道，初中有个女生把他写进了一页一页的日记本里，一笔一画，一字一句。

他不知道，他的同班同学偷偷给了这个女生一张他的大头贴，大头贴用卡片纸包好，上面还有他的QQ号。

他不知道，在食堂打饭排队时，有个女生悄悄站在他身后有多开心。

他不知道，有一天上补习班他忘了带英语课本，这个女生把自己的英语书递给了他，还书的时候他对这个女生说了句谢谢，这个女生小心翼翼地接过了书，兴奋了整整一个星期。

他不知道，这个女生和他的前女友米老鼠、好朋友小白在高中美术室一起学画画，还总是向小白打听关于他的一切八卦。

他更不知道，这个女生在14岁那年写了一篇3000字的短小说，叫作《关于暗恋，十四岁的夏天》。

"老师，我的室友好变态，每天拉着我去偷窥她喜欢的男生，放学的时候悄悄跟在那个男生后面，像个跟踪狂一样。"周天的艺术课上，我的一个初中学生突然这么跟我说。

"哈哈，可能女孩子都是这样吧。"我低下头，突然回想起中学时候的自己。

那是我漫长成长岁月中的第一次暗恋，学生时代单纯的感情，不确定，未得到，朦胧感，猜测，狂喜，嫉妒，忧伤。

初中部一共有三栋教学楼，高年级的教室在靠近校门口的那一栋，我们的教室在最里面的那一栋。每天午休下课和晚自习前的晚饭时间，我都期待着能和他见上一面，准确的说，应该是偷偷看他一眼。

"你快看！他过来了！"午休时间，我从走廊跑进教室，把好友果丹皮从教室里硬生生给拽了出来。

"哎呀，好了好了，看到了。"果丹皮跟我一起站在走廊上，看着楼下的他往食堂方向走去。

"我们下去吧！"我抓着果丹皮的手就往楼下跑。

"马上，我拿个餐具。"果丹皮拿了餐具出来跟我一起飞奔下楼，两个女生跑得气喘吁吁，终于追上了那段距离，然后放慢脚步悄悄跟在他身后。

"我觉得他不好看哎，没什么特别的嘛。"果丹皮非常不理解我的花痴行为。

"你不觉得他很可爱么？"我有点不开心。

第一次举行小型读者见面会的现场

"好吧，你说他可爱就可爱吧，你说什么都是对的。"果丹皮结束了这个话题。

果丹皮是我的同班同学，也是我同一个宿舍的室友，我们每天叽叽喳喳有说不完的话，上晚自习传小纸条，纸条上面写着很多关于女孩子之间的小秘密。

她喜欢班上的一个男生，那个男生的穿着、家庭、喜好都成了她每天孜孜不倦跟我谈论的话题。而班上也有一个男生喜欢我，那个男生在初一刚开学的时候坐我前排，我们每天像两个话包子一样，一起讨论美人鱼，讨论世界未解之谜，讨论文学和诗人海子，他是个干净文艺的人，喜欢摄影和写作，我们无话不谈，他是我中学时代最好的朋友之一。

这个文艺的男生，我们给他取了个绰号叫"飞飞"。

有一天晚自习，班上的女生和飞飞谈论起有没有喜欢的人，飞飞在笔记本上用蓝色签字笔画了一个桃心，后面加了一个"一"字，他喜欢我这件事情就变成了只有我不知道，但其他人都知道的公开秘密。某一天中午的课间休息时间，一群女生嬉皮笑脸地推着他往我的座位上走，我看到他脸红了，后来果丹皮凑过来给我说："他要给你表白。"我当时很蒙，脑袋一片空白，不知道该做什么样的反应，摔了课本就走出教室了。

很长一段时间我们都处于无比尴尬的状态，直到初中毕业前夕，我因为错过了美术学院附中的专业考试，坐在座位上伤心地哭泣，他站在我座位旁边一直用手轻轻推我，问我怎么了，我一言不发继续低着头哭。

我不得不放下无法去美术学院附中念书的遗憾，开始另做打算。

毕业那一天，大家都在写同学录，一张张图案各异的彩色纸在班上传来传去，我也递了一张同学录给他，他写了希望我考上美术学院，以后成为艺术家之类的祝福的话，至今让我记忆清晰的仍是末尾那句："等到初中毕业的时候，把你的心事告诉喜欢的他吧。"

后来飞飞念了建筑系，他开始健身，以往的文艺风格逐渐变得硬朗了起来，做事风格和以前相比也更趋于理性和成熟，毕业后的他在一家有名的建筑事务所工作，还经营了民宿，我仍然把他当作我最亲近的好朋友之一。

那天晚上回到宿舍，果丹皮翻看我的同学录，看到了飞飞写给我的留言，"我觉得飞飞说得对，你中考结束之后告诉他吧。"果丹皮躺在宿舍床上，突然转过头来对我说。

"啊，我……我有点怕。"那一刻，趴在床上看郭敬明《左手倒影右手年华》的我，脸突然变得很烫。

2010年他考入了医科大学的临床专业，2012年我考入了美术学院的动画系。

在参加陈航哥哥的婚礼那一天，我们在婚礼现场偶遇了，他已经不记得我了，甚至可以说是从来都不认识我。他坐在我的隔壁桌，一直低头玩儿手机，他身旁坐了一个气场强大又时尚的女生，这个女生起身离席去看新人仪式，他就提着她的皮包跟在后面，而我一直在嘟着嘴巴吃醋地看着他。

直到妈妈发现我的脸色和情绪都不对，"今天又有谁惹你了吗？"妈妈问。

"妈妈，刚才旁边桌那个站起来去看新人仪式的男生，就是我之前跟你说过的，我以前喜欢的人。"我把筷子放在桌子上。

"哦，旁边那个很漂亮的女生是他女朋友吧，既然人家有女朋友了就算了吧，我是过来人。"妈妈很冷静地说。

"我不开心。"我站起来往他的方向走去，悄悄站在他旁边，抬起头微笑地看着他，灯光突然暗下来，聚光灯打在一对新人身上，主持人开始深情款款地念台词。声音，场景，人群在此刻全部遁入黑暗，我像是进入了一个宁静深邃的异样空间，我的眼里只有他。

他和四位关系非常要好的男生组成了一支小队伍，叫"兄弟会"。这几位男生中，有三位都是我中学的同班同学。其中有个跟我关系还行的高中同学叫波波，在我大学快要毕业的时候，波波把他的微信推给了我。

"波波，他是不是有女朋友？就是上次我看到的那个女生。"我问波波。

"这个你要问他。"波波回复。

"不管了，如果他有女朋友，我就直接下手抢，爱情和战争都不是公平的。"我斩钉截铁地说。

"我靠，女人真可怕。"波波倒吸一口凉气。

后来我才知道，那个我在婚礼上看到的漂亮女生，并不是他的女朋友，而是他的二姐。我开始每天晚上给他发消息，也发一些插画作品，我给他讲我喜欢的治愈系漫画家几米，我和他约好三月的时候一起去南山上看樱花。

即将一起出去吃饭看电影的那一天，我很开心。

那时候我和大哥一起住在美院的二人宿舍，我一大早就从自己的床上爬起来跳到大哥的床上，很激动抓住大哥的肩膀一直晃，正在睡梦中的大哥被我晃醒。

大哥是个感情经验丰富的女生，睡眼惺忪的她嘴角扬起一丝诡异的微笑，她对我说了句："你是不是没谈过恋爱？小乖乖，加油。"

"我今天要美美地出门！"我少女心爆棚。

记得那天我们看了一部悬疑电影《我是证人》，变态的整容医生，跌宕起伏的情节，让影院的氛围格外紧张安静。外科系统的医学生可能天生就缺乏浪漫，总是严谨理性又冷幽默，我们一边看电影，他一边给我讲解麻药的成分和人体内部器官结构分布，举手投足之间散发着医生魂。

我们在美术学院里瞎逛，一边走一边聊天。

他给我讲了他小时候的故事。

小时候的他非常调皮，是个无敌破坏王，后来爷爷对他说，如果哪一天他没有搞破坏，就会有一个很大的奖励。于是他安分了一天，得到了爷爷奖励的很大一锅肉，冒着腾腾的热气。

他还告诉我，爷爷写了一本书叫作《走马观花看台湾》，为了写那本书，爷爷查了很多很多资料，这本书的内容全部是纯手写再逐字录入电脑的。

他还讲了一次次惊心动魄的考试经历，还有在春夏季节和秋冬季节出生的孩子，思维、性格、行为举止上的差异，以及人在站立和静坐的时候，血液的状态。他说自己每天都在医院看到生离死别，心里压抑的时候他就会去健身跑上千米，跑完心情就会好起来。

他说医生都不希望给自己家里人看病，更不想看到亲人被送进医院，他以后的工作会很忙，所以希望另一半的工作一定不要太忙碌，这样就有更多时间可以照顾家里。

我给他讲了一些我搞创作的事儿，还有当时在高考班上给学生上课的日常。

最后他总结性地给我说了两点，第一点是他作为医生的建议，画画的人不要久坐；第二点是我的性格像他的二姐。

据说二姐某天去上班的时候，在轻轨上遭遇了扒手，有起床气的二姐身手敏捷，转过身一把抓住了小偷的手，并且吼道："你还想走吗！"小偷有点怂，心想第一次遇到这么彪悍的女生，轻轨播报到了下一站，门打开了，二姐放开了小偷："还不快滚！"

逛完校园出去吃饭，我把提前一周去书店选好的几米绘本送给了他，学生时代虽然没什么钱，但仍然可以为了喜欢的人做周全的考虑，准备一些小小的心意。吃完饭后他起身去结账，被我拉住了："我去吧，医生平时辛苦，所以我理所当然要请你吃饭呀。"

快要走出餐厅的时候，一个卖花的小女生走了过来，问他要不要买一枝花。女孩子的天性总是喜欢浪漫，也特别期待收到喜欢的人送的花，我的眼睛一直充满期待地盯着盒子里的花，他的反应是："如果要送花应该是提前好好准备，不用了，谢谢。"我就默默看着那个卖花的小女生走远了。

或许他只是很粗心而已。

第二次见面，他带着我在医学院里散步，我们一起去了小吃街，吃完东西出来的时候，我在想要不要把初中喜欢他的事情告诉他。

我开口道："如果一个女孩子喜欢了你很多年？你会怎么办啊？"

我期待他的回答是："那一定会好好珍惜她啊。"

"啊？我也不知道哎。"突如其来的发问让他有点蒙。

现场作画的我

"哦。"我有些失落，低着头往前走，他并没有察觉到我情绪上的变化。

多年的期待让感情经历近乎白纸的我，急切地希望能得到一个好结果。他开车把我送到美院南门口，我终于忍不住开始一路泪奔，回到宿舍伤心地在大哥面前哭："为什么他不给我买花啊，为什么他不说画画的女生很可爱，说什么我像他二姐，我喜欢了他这么多年，他却一点都不喜欢我！"

"小乖乖，可能你喜欢上的是一个钢铁直男，辛苦了，过来大哥抱一下。"大哥果然是身经百战的女人，我哭得稀里哗啦，她却一副云淡风轻的样子，还笑着递了张纸巾给我。

"我再也不想理他了！讨厌他！讨厌他！各种讨厌他！"我用手背擦着眼泪。

过了些天他约我吃饭，我借故没有赴约，他也没有再提。

我每天都给自己消极的心理暗示：他可能真的不喜欢我，不然一定会再约我的，但那一天却始终没有来。我低落了很长一段时间，也没有再联系他，这段即将萌芽的感情也就不了了之了。

后来我开始了新的恋情，他也有了女朋友。

当我把和他一起吃饭看电影的事情告诉中学时候的好友果丹皮，也就是那个被我强拉着，跟我一起偷看他的女孩子，她非常惊讶："过了这么多年了，我以为你早就忘记这回事了。"

"我也不知道，关于他的每一件事情和细节，我都记得特别清楚。"我说道。

大学毕业以后，时间一年一年过去，这份感情对我而言还是和中学时代一样美好，我仍想以最珍贵的心意对待他。

我还是当年那个我，而他却变了很多。

不变的仍是他喜欢陈奕迅；喜欢去健身房，在健身上投入的时间精力惊人，不玩器械徒手健身；不变的仍是他的孩子气，喜欢美国队长；他在医学硕士毕业的时候进入了航空圈，报考了飞行员，身体测试的时候，前面一个个选手因为紧张出现高血压，而他是医生，立马打电话让朋友买了降心率的药物送过来，第一次用专业技能平复了自己的血压，顺利地进入面试阶段。但最后还是因为热爱科研大于热爱飞机而进入了博士阶段。

他有了两个新的绰号，一个是"包子"，另一个是"实验室彭于晏"。学生们都叫他包子老师，他变成了一个用心做科研的临床医生，他变得热爱学习，每天从早到晚都待在实验室。

他的每一个举动都会与学习对接起来，比如，他买降噪耳机是为了排除干扰，他买了电竞椅是为了更加专心致志地坐着学习，他买新的衣服是为了给自己更好的心情，不至于学习起来乏味。

有段时间我发现他外出旅行了，女生的直觉告诉我，他应该是和女朋友一起出去度假了。

我被家里催着跟一个并不怎么喜欢，但看上去彼此很合适的人结婚，我认为所有事情就应该这样尘埃落定，有些事情就应该悄无声息地烂在心里，成为我一个人的独家回忆，他永远也不会知道有一个女生喜欢了他很多年。

爱是眼睛里的火花，是心底的偏爱，是宠溺。和所谓的"未婚夫"不温不火地相处了将近一年，我们却对彼此相敬如宾。他从来没对我说过喜欢或者爱，他说的是："我觉得你很文静，也很端庄。"他希望我跟他一起出席所有亲朋好友的活动和聚会，而骨子里清高的我却难以与人持续地热情周旋，我真的不喜欢社交。

可如果我违逆他的意愿，他就会给我强行洗脑，发大段的语音和上千字的作文。而未婚夫的妈妈，看似热情实则非常强势。当我意识到我即将成为一个花瓶，被他娶回去摆在家里，扮演一个贤妻良母角色的时候，我突然觉得很悲哀。

我喜欢画画，我有艺术梦和人生理想，我有自己喜欢却遗憾没能在一起的人，我要马不停蹄地去见他。

和未婚夫冷战三个月之后，我觉得是时候结束这段感情了："李博士，我的人生有了些其他规划，非常抱歉，你不在我的规划里面。"

"你真的太不懂事了！你能不能成熟一点？你知不知道你在说什么？你是不打算跟我结婚了吗？"他暴跳如雷，无法接受这个事实。

直到过了些时日，他给了彼此一个台阶下："那我们好聚好散吧，祝你成功。"

我们就这样老死不相往来了，说来也奇怪，我的心里居然没有一点点失落的感觉，也不觉得放弃了一个看似优秀的人有多么可惜，反而是妈妈念叨得最多："他是个很好的孩子啊，他对你很好，对我们也很好，能力很强也很优秀，你这么做会让他很伤心的。"

"他心机很重说话也很官方啊，我不要被这个伪君子娶回家当花瓶！"每次我都非常生气。

我决定要挽回五年前的遗憾，我要去见喜欢了很多年的他，我每天偷偷摸摸翻看他的朋友圈，偶尔评论一下，我关注了一个医学公众号，收藏了他写的每一篇文章。

后来我出版了自己的第二本画集，举办小型画展和读者见面会的时候，我邀请了他，他抽出两个小时来到现场，那一天我好开心，还拍了合影。

读者见面会结束之后，他开车和我一起回了工作室，我坐在副驾上，他递给我一个橘子。

"啊，谢谢。"我小心翼翼地接过那个橘子，捧在微微出汗的手心，

那一瞬间，我想起了 14 岁那年的英语补习班，他也是这样递给我了一本英语课本，而我也和现在一样，如此小心翼翼地接住了。

他跟我聊了他的职业规划，他希望在 30 岁之前把该做的事情都做完，晚上没能一起吃饭，他就急匆匆地赶回了实验室。

那个橘子被我放在桌子上，还没来得及画和拍照，就被突如其来的表弟剥了皮。

"你手上拿的什么？"我心中顿时感到不妙。

"橘子啊？"表弟手上拿着剥开的橘子皮，半个橘子已经下肚。

"你为什么要吃我的橘子？"我生气地吼他。

"姐，我不就吃你一个橘子嘛，你至于这么凶吗？"表弟百思不得其解。

"你不要跟我说话！"我坐在椅子上生闷气，表弟仍然不知道发生了什么。

过了一段时间，我决定要跟他表白，和五年前一样，我期待着一个好的结果，隔着屏幕开始脸红心跳。时过境迁，感情最残酷的地方莫过于，当你回头的时候，那个人却不在原地了，一句对不起没有办法换来一句没关系。

更何况时间已经过去五年，他和过去早已是两个人了。

那一天，是 2019 年 10 月 29 日。

他的回答是："你的心意我明白了，虽然在你的想象里我很好，但其实你真正了解的我不多，喜欢一个人是一件很美好的事情，所以谢谢你那么欣赏我，但是我想好好利用这段时间去做一些自己想做的事情，你是一个很好的女孩，所以我组织了很久的语言，希望说出的话不会让你感到难受，所以我很真诚的给你这个回复，希望你可以继续你自己的生活，不要再受我影响，毕竟人生还很长，我们都还有各自要走完自己要走的路。"

内心被刺痛的感觉还是和五年前一样，出于礼貌我却不得不表现出释然的样子："没事的，今天说出来了轻松了很多，一切顺其自然就好，谢谢你。"

他的消息继续弹过来："你很棒，一定会有真正值得你喜欢的人出现的。"

我的眼泪已经流了下来，屏幕变得模糊，我控制住抖动的身体和手指，努力地打字："这大概是我做过的，我觉得最厉害的事情了吧，读博士很辛苦的，再忙也要注意好身体呀，晚安。"

从那天起我再也没有联系过他，但还是常常去翻他朋友圈，偶尔去点赞又怕打扰他，然后默默点了取消。

我把表白失败的事情告诉了他的好朋友波波，波波劈头盖脸就是一阵吼："我真的怀疑你有没有谈过恋爱，很明显他就是不喜欢你啊！我问你，你从中学到现在喜欢了他多少年了？你自己说，多少年了！你是长丑了还是嫁不出了？赶快把他删了，拉黑，不要纠结！不要在一棵树上吊死了！"

我默默地把喜欢的人列入了黑名单，纠结了一阵又拉了回来，我还是做不到。

2020 年 1 月，冠状病毒感染的肺炎疫情开始在全国蔓延，所有医护人员都奋战在一线，也频频传来医护人员被感染的消息，我开始担心我的医生家人和朋友，也很担心他。

1 月 20 日那一天，我点开了他的微信对话框："你要不要护目镜和防护手套？"

他的消息弹过来："谢谢关心，我暂时没有上临床，所以还不需要这么高级别的防护，疫情比想象中严重，春节尽量不要外出和聚餐，感染人数比官方报道出来的多很多。这次事态的确很严重，我一直在关注，这一次我们会损失很惨重，这才刚刚开始，很多人还很麻木，反正现在很棘手。"

我："今天有七名患者已经转到你们医院了，武汉那边的一些医院，整个科室的医生和护士全部被感染了，好好保护自己，千万不要有事。"

他的回复是："嗯，你也是。"

过了不到一周，疫情蔓延全国，我用自己微弱的力量为灾区医护人员筹备物资，也在尽力为他们发声。我最担心的仍然是他，不仅因为他是医生，更因为他是我喜欢的人，他是我整个青春期最美好的回忆，我不敢想象如果他出现什么意外，我的精神支柱一定会彻底崩塌，他一定不能有事。

我再次点开了对他的对话框："防护服到了我给你送过来吧，抱歉没有经过你的同意就买了，也许你会觉得我脸皮超级厚，但假期结束之后，你每去一次医院就会增加一次风险，虽然这个时候我也很害怕出门，我不希望自己一直打扰你，我只是很担心。"

他的消息弹过来："谢谢关心，我现在暂时是在实验室工作，用不到防护服，但还是很感谢，目前是在家待命的状态，相对比较安全，所以你也不要出门，到处都太危险了。"

内心焦灼的我也只好故作平静地回复："嗯，好好保护自己。"

他回复了一句："好的，你也是。"

渴望得到不属于自己的东西，喜欢多年的人却爱而不得。反反复复地纠结与纠缠，一个人在妄念与执念之间，很多年都走不出来。喜欢一个人，长情而执着，就像生命里留下了一道深刻的划痕。越是在意就越容易受伤，不记得流过多少眼泪，也不记得心动、心痛过多少次。特别难受的时候就希望世界上有一种可以让人失忆的药，让我忘记他，忘记整个青春期的回忆。

我也只能做好自己力所能及的事情，外界如此不可控，转而向内，好像整个世界都宁静下来。

　　有一种爱不求结果，不求回报，在付出的过程中，就已经在滋养你的生命了。

　　在感情中，向内索取能量生长，而不是向外，人生便不会有这么多求而不得，越奢求爱，内心的缺口越大，整日惶恐不安。

　　距离上次表白失败又过去了将近半年时间，我决定要跟他好好道别，从他的生活中退出来，不再死缠烂打，不再打扰他。但我永远会记得，那一年的阳光刚好照在教学楼外墙密密麻麻的爬山虎上；那一年的我期待着每周六和他一起上英语补习班；那一年有一个在英语课上突然流鼻血的十四岁少年。

　　这段始于中学时代的感情，不知不觉已经过去了 13 年，我不知道未来还会持续多久，即使无法放下，再回忆的时候，我仍会感谢他，也会感谢自己的以诚相待。这样的回忆能带给我很多力量，让我继续生活下去。

　　生活的波折起伏都是为了自我成长而来，人生很长，还有那么多的低谷要经历，这些星星点点的美好回忆，足以在灰暗时刻将我的生命照亮。

　　我不知道为什么会喜欢他那么久，也不知道自己到底喜欢他什么，或许，关于他的一切我都喜欢，故事终于到了结尾，这段感情和青春都画上了句点，我坐在电脑前一边流泪一边敲打着键盘。

用心喜欢过的人，一定要好好说再见。

彪哥

"同学们不要这么腼腆，今后你们参加工作了，也要做自我介绍，你们甚至可以运用一些和你们名字相关的名人、诗词或者典故，让别人对你们的印象更加深刻。"高一刚开学的时候，班主任站在讲台上对全班同学说了这句话。

"诗词？会不会好尴尬？"

"不会吧，我语文不好。"

"啊，呕吐，好做作啊。"

班上的同学虽然互不认识，却已经开始窃窃私语。

"这位穿黄衣服的女同学，你上来做一下自我介绍吧。"班主任点了我的同桌。

"啊？"黄衣服女同学一脸手足无措，甚是尴尬，周围的同学开始坏笑。

她的皮肤很白净，站在讲台上用修长的手捧了一下脸，有点小雀斑的脸上扬起一丝娇羞的微笑，露出了两颗洁白的小虎牙，她用手拨了一下眼前的碎刘海，抬起头面向全班："大家好，我叫杨晶晶，杨利伟的杨，郭晶晶的晶，杨！晶！晶！谢谢大家。"

介绍完自己以后，她低着头走下了讲台，回到座位上，在崭新的课本上用中性笔写自己的名字。

班上的笑声此起彼伏。

"杨晶晶，我叫陶怡，陶渊明的陶，章子怡的怡，我喜欢画画。"我转过头对她说。

"哦，陶怡啊，记住了。"她点了一下头，我们默契地捂着脸开始爆笑。

我们就是这样认识的。

那一年我们 16 岁，她是 6 月 1 日的双子座，我是 12 月 1 日的射手座。

我和彪哥的大头贴

高中时代的我一直剪着蘑菇头，齐刘海。班上的同学都叫我"小丸"或者"小丸子"。

晚自习的时候我经常在速写本上画小插画，签名是"小丸子"，还会在后面画一个桃心。高三那年，我的笔名正式更改为恰吉丸，一直沿用至今，这个笔名与我的性格非常契合，爹妈给了我一副岁月静好的皮囊，但我的内在却非常妖魔化。

我是个冷幽默的段子手。

杨晶晶成了班上的文体委员，文体委员，顾名思义就是文艺委员兼体育委员，既能上舞台，也能上擂台。曾经的她太过凶猛，班上的男生普遍敬畏她三分，走路从来不敢挡她的道，她有了一个独特的外号"彪哥"，班上的胡伟和张鹏也叫她"杨大彪"。

彪哥中考体育满分，丢铅球破过年级纪录，可以独自扛起一桶纯净水，上课的时候，如果前一排的男生坐得太直影响到她看黑板做笔记，她随手就是一拳。被打的男生会转过委屈地看着她，顺便开玩笑说一句："哎呀，彪哥，女人不要太暴力，不然以后不好找男朋友。"

"下课我们谈谈人生吧。"彪哥的眉毛往上一扬。

"哎呀呀，彪哥，我错了，你不要跟我计较。"男生秒怂。

"知道就好，以后上课不要坐那么直。"彪哥望着黑板继续做笔记。

整个高一，我都和彪哥形影不离，直到文理科分班，她选择了理科班，而我的数理化成绩已经烂到无法直视，所以就毅然选择了去文科班。至今我仍记得物理老师在晚自习讲试卷，看到我卷子上鲜红的分数露出的悲凉神情，那种神情的潜台词是朽木不可雕也。

每天下午我都要去美术教室画素描，彪哥会把我送到画室楼层的门口，然后挥舞着绿色的勺子跟我说再见，我问她要不要进来看我画画，她总会露出一副羞涩的表情，说自己不好意思去艺术氛围如此浓厚的地方。

彪哥说她要减肥，以至于她午餐的米饭总有一部分会分到我的盘子里，晚餐时候，她只吃一个苹果。为了增加运动量，中午我们会和班上的男生一起打乒乓球，我和彪哥的大板扣杀，横板削球，近距离的死亡扣球，有时候会打得班上男生体无完肤。

临近元旦晚会的时候，各班级都在积极地排练节目，经过大家一致协商，我们班决定翻拍演泰坦尼克号的沉船戏份。班上的台柱子除了当之无愧的文体委员彪哥，还有波仔，我在幕后默默奉献，参与了编剧和写台词，还画了一个巨大的 KT 板道具船，船体颜色涂完后，我把它扛到教室门口，因为拖拽声音太大引起了同学的恐慌。

波仔绰号的全称是"迈克尔波波仔"，他从小喜欢迈克尔杰克逊，并将其舞蹈动作拆解模仿得出神入化，堪比原版。他下午偶尔会在舞蹈教室里放着音乐跳一会儿，每次都会引起女生的围观，后来我拜他为师，学会了走太空步。

元旦晚会的当天，大家都以为表演会万无一失，并且有希望进入前三，迈克尔波波仔扮演了一个在甲板上跳舞的角色，暖场舞蹈结束后，台下传来一阵阵女生的尖叫声，灯光暗淡下来，我迅速地把道具船拖到舞台中央，彪哥蹲在船的背后，顶光打下来的时候，她慢慢站起来。

　　作为她的死党，我决定要给她一些爱的鼓励。于是，我怂恿周围的同学跟我一起大幅度地挥舞起荧光棒，在台下大声助威："彪哥！彪哥！彪哥！"

　　此刻，舞台上的彪哥正趴在船上，模仿罗丝抓住杰克的手的那一瞬间，当她即将深情款款地念出："You jump, I jump!"这句经典台词的紧要关头，话筒却突然失声了，这次精心准备的班级节目，最后以彪哥演了一出倒数第二的哑剧而告终。

　　公布节目成绩的时候，坦白说，我们心里还是有点小低落的。

　　回到教室后，胡伟望着彪哥诚恳地说："彪哥，虽然这次舞台剧失败了，但这不重要，重要的是，你找到了适合自己的发型！"

　　的确如此，眼前的彪哥不再是那个穿着黑色 T 恤衫和牛仔裤的普通女同学，而是一位妆容精致，头发柔软卷如波浪，白裙飘飘的小仙女。
　　这件让彪哥"遗憾终生"的事情，很快就被大家遗忘了。

　　和往常一样，我们还是一起上课，一起去食堂吃饭，一起在校园的花坛里寻找四叶草，一起在枯燥的校园生活里发现不同的笑梗，苦中作乐。

她在晚自习的时候给我补课，讲解一道又一道枯燥的数学题；她在我画画没有时间吃饭的时候，总会往我的桌子抽屉里放一个蛋糕或者水果；她在我说出自己想成为插画家这个梦想的时候，两眼放光地跟我说我一定可以；她在我生病感冒的时候，跟班主任请假去校外给我买感冒药；她在我神经大条做出一系列脑回路清奇的举动的时候，总会嫌弃地说一句："笨笨的小丸，你可不可以不要这么天真幼稚啊！"她在我情绪低落，连续一周没去学校上课的时候，送给了我向日葵的种子。

她是我的向日葵，我对此深信不疑。

彪哥虽然日常暴力，却也是个幽默可爱的少女，关于她的笑声，评价非常极端，有人说那是银铃般的笑声，也有人说那是杠铃般的笑声。她总让我想起《我的野蛮女友》里面的全智贤姐姐，天生丽质，野蛮又霸道的外表下包裹着一颗小白兔的内心。

高三那年，以彪哥的身材和颜值，我以为她会报考航空大学，成为一名温柔靓丽的空姐，脸上洋溢着春风般的笑容让无数男人心生遐想。可后来，她却报考了警校，当港片《警花档案》里面女警察的身影浮现在我眼前的时候，她却告诉我，她被国内一所211重点大学的科计专业录取了。

读大学的时候，彪哥仍然和当年一样喜欢主持和才艺表演，所以她当了文艺部部长，偶尔还兼职去婚庆现场客串一把主持人，也做过销售和布场。

而数学烂到尘埃里的我，为了考美院也突然间大彻大悟，每天下了晚自习还要回家挑灯夜战做数学卷子，我天生不是学数学的料，做了半年数学卷子之后，原本阳光活泼的我心力交瘁暴瘦 16 斤。

高考及格边缘的数学分数，是我整个中学时代考得最好的一次，拿到美术学院录取通知书的那一天，我在家手舞足蹈："人生中的春天就要来了！生命短暂，艺术不朽！哈哈哈哈。"

曾经的我暗暗发誓，高考结束之后一定要丢掉所有的数学卷子和练习册，可等到高考真正结束，我却发现丢掉它们就像丢掉了一段热血沸腾的青春，所以我把这些东西完好地保存在书架上，时至今日。

事隔经年，我收集着过去的信件，大头贴，日记本，夹在课本中的小纸条，植物标本，小卡片，在键盘上敲出一个一个的豆腐块，好像又回到了懵懂青涩的高中时代，手写的东西总是很暖。

大学毕业之后，彪哥被招到电信局做通信工程，当时的她以为自己只会做工程管理，只会当一个普通的办公室职员。但是后来为了结婚，她放弃了国企的工作，回到当地开始尝试做自己喜欢的婚礼策划。

她说婚礼不是红白喜事一条龙，婚礼是一场梦，梦里什么都有。

那几年，她努力提升自己的知识储备和素质，接到很多非常棒的单和很有想法的优秀客人。

而我呢，每天写写画画，为了自己的艺术梦努力着。

她家里还存放着十年前我送的她的画。我一看就开始吐槽："啊，我以前居然画得这么丑！"她却说："十年前的古董了，我现在也觉得挺好看的！很有意境啊，我一直带在身边的，随时可以拿出来显摆，以后会增值的，我要去炫耀我有一个艺术家朋友，哈哈哈。"

　　少女心爆棚的她，朋友圈的日常是："心被扑倒，就结婚吧。""那些未完成的梦，就在婚礼上实现吧。""有不少女孩儿喜欢向日葵吧？愿你们嫁给那个他，入目无他人，四下皆是你。""婚礼是恋爱的终结，婚礼是单身生活的告别仪式，婚礼更是见证着爱情成熟的童话剧。"

　　后来大家各忙各的，再联系的时候，她已经开了一家高端的婚庆公司，并且把公司运营得非常成熟，她不再暴打男生，也再无人亲切地叫她"彪哥"或者"杨大彪"，员工们都叫她"维雅"。

　　见面的那一天，她仿佛还是当年那个站在讲台上做自我介绍的女同学。

　　她用修长的手捧了一下脸，露出了两颗洁白的小虎牙，羞涩地对我说："小丸，好久不见啊，现在的我还是社会上的一颗嫩草，不过我已经拥有了一双炯炯有神的大眼睛，遇事还会泛光。"

　　"嗯，彪哥，你永远年轻。"我点了一下头。

　　这一刻就像回到了十年前，我们默契地捂着脸开始爆笑。

唯愿无事常相见

5月份的一天，我在老师的工作室帮忙做实验动画项目，重庆刚好入夏，天气微热。

吃完午饭回来我开始犯困，倒在工作室的沙发上，奇困无比的我对光线非常敏感。然而工作室却找不出一副眼罩，我环顾四周，目光转移到一个披着白色衬布的裸体雕塑上，但邪恶的念头很快就被打消了，一是因为白色衬布上积着厚厚的灰，二是因为白布盖在脸上总归不太吉利。

后来我灵机一动，趁四下无人，默默摘下内衣罩住了眼睛，残留着体温的内衣带给我一个黑暗宁静的世界，我很快就睡着了。

闹钟响起来的时候，正好有一个女同学推开了工作室的门走了进来，而我也醒了，坐起来伸了个懒腰。

她看到黑色蕾丝边的洋红色内衣从我的脸上滑下来，掉在身上。

"我靠，女流氓。"她脱口而出。

我揉了揉眼睛，仔细打量着眼前的这个女生，居然是个美女！她的长相颇有异域风情，高鼻梁大眼睛，嘴唇和下巴都很丰腴。她穿着黑色宽松的弹力衫，头上顶着墨镜，口红的颜色目测是阿玛尼401。虽然她有点微胖，但整个人看上去精气神十足，此刻我的脑袋里突然蹦出来一个词：英姿飒爽。

"你谁啊？"我心想，这女的长得虽美，但后来者居上毫无礼貌，居然骂我是女流氓。

"同学，请你先把内衣穿上！"她义正辞严道。

"同学，你是原始森林来的吧，你的丝袜破了。"我盯着她短裙下面的透肉黑丝不怀好意地笑道。

"没事儿。"她抬起手一挥兰花指，把包和资料夹一起放在桌子上，当着我的面脱下了黑丝袜，然后把它丢进了垃圾桶里。

我目瞪口呆，美院里还真是什么奇葩都有，此话不假。

大学一年级，那是我们第一次见面，一个拿胸罩当眼罩，一个当着陌生人的面脱黑丝袜。我们成了彼此眼中独一无二的奇葩。

我们每天下午和晚上都在工作室一起画画，她负责画线稿，我负责上色，我们慢慢地熟络了起来。

　　她是回族人，是床头放着《古兰经》的穆斯林，她几乎不吃肉，她告诉我，动物的血液和内脏不能吃，生性凶残的动物不能吃，样貌丑陋的动物也不能吃，她唯一能吃的荤菜除了鱼，就是鸡蛋了。以至于每次我们一起吃小面或者火锅，我总会特意给店家交代，不要放大骨汤。

　　她的一些食物是从她们当地带过来的，上面印着"清真"的字样。

　　我们一起上课，一起散步，一起窝在她的宿舍里看电影、吃鱼皮花生；一起用煮面条的小电锅烫素菜火锅吃；一起讨论各种小漫画的分镜头和剧情；她特别喜欢朱一龙和罗云熙，每天给我翻出各种 CP 剧；她还从垃圾堆里帮我捡回一块玻璃，用来堵下水道的缺口。

　　她也带我去清真餐厅吃饭，餐厅里有黑色和橙色两种不同颜色的餐具，她告诉我用餐的时候，不同颜色的餐具会根据汉族和少数民族来发放，餐厅的墙上悬挂着电视机，频道里播放着少数民族演员拍摄的电视剧，我只能看图像，因为音乐和台词我一句也听不懂。

　　生活中的她虽然不算温柔贤惠，偶尔还有点小邋遢，但她很豪放也很大气，有北方女孩子的直爽，她特别喜欢猫咪，尤其是肥美的猫咪。而她眼中的我，看似文艺脾气却不好，但足够讲义气也很耿直。

　　我们性情相投。

当时我们根本没想过，多年以后，我们会成为彼此生命中最重要的精神支柱。

一起去超市买东西，她总是把看似沉重，实则最轻便的袋装纸给我提，自己却大包小包提着东西大步往前走，我在后面追赶她，让她把东西分一部分给我，她却无比嫌弃我道："哎呀，你别来添乱，你提个鬼啊！你这小身板儿，你说你能干啥？"

后来，我给她起了一个绰号，叫作"提哥"，周围的同学也跟着一起叫她提哥。

毕业后，"提哥"这个绰号成为她发表作品的笔名，不久又推陈出新，变为"提不正"和"提子大大"。

提哥比我高半个头却总爱穿高跟鞋，有一次她的鞋跟陷进了路上的泥坑里，走在她身旁的我随之遭遇了泰山压顶。从那以后我苦口婆心地劝她不要再穿高跟鞋，毕竟，美术学院的道路是崎岖的。

提哥做雕塑搭架子非常麻利，她的造型能力和空间感都非常好，每次写生，她总能将写生对象分毫不差地还原到自己的画纸上。课间休息的时候，她会站在雕塑台旁边跟班上的男生聊天，如果男生说话支支吾吾，她随手就是一巴掌，拍在那个男生瘦弱的背上，有时候，班上的女同学烫了新卷发，她也会去摸一下："哟，你这发型不错呀！"放学路上，她偶尔会抱着一大箱精雕油泥，还一路走一路问其他同学，搬画架需不需要帮忙。

每次她们班聚餐，她总会叫上我，当我觉得不太好意思的时候，她却说："班长说了，可以带家属。"于是，我就心安理得地跟着她蹭吃蹭喝，一蹭就是四年。

大家一起谈天说地，一起喝酒，我发现班上的男生和她划拳，根本就不是对手。

提哥总是自带幽默感，有一天她烫了个头发，校门口小卖部的阿姨觉得她的新发型很漂亮，问她在哪家理发店烫的，她随口一句我这是自然卷，我至今仍记得小卖部阿姨那一脸羡慕的表情。

提哥混迹于各类圈子游刃有余，不论是教务处的老师，还是画材店的阿姨，或是课堂上的裸模叔叔，她都能和他们相处得很好，并且会时不时透露给一些可靠的小道消息给我。

当初，我以为提哥一个北方人只是初来乍到，然而，高中就已经在美院附中念书的她，实际上是在美院混了多年的老学姐，她几乎认识美院所有的老师。

有时候她像是失踪人口，发消息不回，打电话不接，我在路上碰到她的时候就会问她："你最近是在干嘛呀？都快成失踪人口了。"

她说自己在闭关搞创作，成天宅在宿舍里琢磨漫画分镜头和编剧，她对漫画创作的热爱超乎一般人的想象，还自学了各类软件和特效。偶尔她也画画工笔花鸟，看似奔放的她却非常喜欢清新雅致的东西。

每到周末或者小长假，她总会把我叫到她的宿舍，让我和她一起看各种网络神剧。她是个资深腐女，我们也会一起去老美院的漫画书店，淘一堆故事情节无比奇葩的绝版漫画书，然后去吃一碗巷子里辣辣的豆花面，喝一碗甜豆浆。

　　大三的时候，我搬去了二人间宿舍，我问她要不要过来一起住，如果她不来的话，另一个床位就会安排新生进来了，她觉得搬东西挺麻烦就没过来。

　　那栋宿舍楼到了晚上很是荒凉，很长一段时间我的心里甚至有点发怵，她就常常过来陪我，晚上跟我一起住。大学时期的我一到生理期就会痛经，每个月总有一天躺在床上痛得死去活来。而她总会用电饭锅熬上一锅热腾腾红糖小米粥，用毛巾垫着给我端过来，她一直很照顾我。

　　她总吐槽我没心没肺，耐心差；我嫌弃她脑回路清奇，而且小邋遢。

　　大大咧咧的我曾经无意间说错了一句话，被周围的人恶意揣测，指指点点，即使我诚恳又卑微地解释和道歉，那些人却仍然不理解，后来提哥挡在了我的面前，她气场十足直接吼了回去："她又不是故意的，你们不依不饶的这是要干嘛？"事情过去以后她宽慰我："陶子，没事儿，以后咱们又不靠这些人吃饭，懒得理他们！"我感动得默默流下了眼泪。

　　毕业之后我和男朋友住在一起。

　　好景不长，我分手那天她提着两个格子行李袋很快就赶过来了。看到我在哭，她也难过地哭了，她用手抹掉眼泪，迅速地帮我打包收拾东西，她说："今天搬完吧，不要磨叽，不要回头。"

两个女生折腾了一天，留下了钥匙，拖着沉重的行李离开了，那段时间她一直跟我住在一起，给予我陪伴和鼓励，就像大学的时候一样。

我们最亲近的朋友，可能不是那个最完美的人，但却是能在彼此争吵之后，还能给对方一个拥抱的人。她喜欢你，包容你，毫无保留地信任你，支持你明智或者愚蠢的决定，一起兴风作浪，一起休养生息，一起毫无怨言地为对方挡刀扛事情，一起为了对方去大杀四方，成为超级大傻瓜。

后来她去了外省，大家忙于各自的工作联系甚少。

有一天我突然接到了她的电话，她的声音很低落，有点哽咽。

我想她一定是遇到什么事情了，我什么也没问就把她接到了我家里，我们又住在了一起，她的头发参差不齐，神色憔悴。很长一段时间她都对我爱搭不理，常常一个人待在卧室里画画，每天早上我出门上班之前总会多留一份早餐给她，但她几乎从来不吃。

后来我才知道，那段时间她的家里出了很多事情，妈妈却总给她施加压力，她曾一气之下用剪刀剪掉了自己的头发，在家里摔锅摔碗，变得非常抑郁。

晚上回来我会开导她跟她聊天，我说不想回去就不要回去了，脱离

我和提哥 2019 年的冬天在家的合影

那个环境，你以后跟我住一起吧，你想住多久就住多久，在我这儿你可以随意蹭吃蹭喝。休息日我问她要不要跟我一起出去走走，去猫吧撸撸猫什么的，或者有没有什么想吃的，我可以给她带回来，但她却说不想出去。

实际上，那个时候的我没有存款，刚换了工作，还在新公司的实习期，每天的画图任务非常繁重，导致我的右手指关节无法伸直，每晚回来都用毛巾热敷。

一个月之后，她找到一份漫画师的工作，重回职场的她又恢复了当年的热血，变回了那个沉迷于画漫画不分昼夜的提哥，她成了公司的顶梁柱，她是有职业天分的全能型选手，她的作品开始在很多网站发表。

两年后她回到了家乡，成为一名独立漫画人，再也不用每天上班打卡，她住在大房子里，每天画漫画、撸猫、去美容院做面部保养、在私教的指导下健身减肥。我们视频通话，她的状态非常好，我心想真好啊，我希望她永远都可以这么开心。

我开始辞职创业，那段时间，我一个人打理上上下下，事无巨细，起步的时候非常艰难。我给她打电话，原本只是想吐吐槽，但不久之后，她却扛着大包小包的行李出现在我面前，她的行李包里，还装着给我的礼物：非常多的连衣裙和雪纺半身裙。全部是我喜欢的蕾丝仙女风格。

那一天日头很毒，她被晒得很黑，穿着牛仔裤和卡通图案的黄色 T 恤衫，汗流浃背。

她成了我前途未卜的创业路上的精神支柱，每天陪我打理很多事情，我们的事业从一开始的黑暗茫然到渐入佳境。

当我以为我们会一直这样搭档创业下去的时候，她却告诉我，她的男朋友一直在新疆等她，她要过去结婚。

在感情上吃过亏的我竭力阻止她。我帮她分析了她男朋友的情况，以及她那看似笑容可掬，但绝非省油灯的婆子妈。我告诉她，男人翻脸如同翻书一样快，人生短暂，女人在精神和财务同时自由的时候，可以为自己生造一个世界，不必理会世俗生活中的婚姻捆绑论，生孩子的途径也有很多。

我不是传统的女人，我离经叛道，野心昭昭，我要骑马打天下；而外表强悍的她，内心却是个小女人，她渴望相夫教子的家庭生活，在事业上没有过多的追求。

她说我是因为原生家庭不幸福，从小缺乏关爱，导致我变成了现在的样子；我说她是因为原生家庭太和谐，导致她温水煮青蛙，被磨灭了斗志。

我们发生了争执，我不明白，她为什么要为了一个男人，为了一段不确定的感情和未来，放弃蒸蒸日上的事业，放弃大城市的繁华生活，非要跑去偏远的新疆，而我对她那么好，为她考虑了那么多事情。我不希望她过得不好，我也不希望她的未来有一丝风险。

她在我最需要她的时候出现，离开前又死活不要我硬塞给她的钱。

她是那么善良，那么有情有义，她应该得到世界上最好的一切。

　　她离开重庆的前一天晚上，我做了很大一桌子菜，炒菜的时候我时不时眼睛发红，鼻子发酸，那天晚上我们喝了酒，说了很多话，我说你老公如果以后对你不好，你随时都可以回来，不要让自己受委屈，我永远都是你的退路。

　　第二天启程的时候，她执意不要我送她，她说离别太伤感，一个人拖着行李箱走了。

　　那天的我，坐在家里的沙发上哭了一个上午。因为，我最好的朋友离开了重庆，以后见面的机会就很少了，而我却还期待着来日方长，唯愿无事常相见。

　　那些画画的旧时光，那些在青宏书店和漫画书店里疯狂翻漫画书的日子，那条一起走过的老美院后街，一起逛过的当代艺术品交易中心，一起吃过的章鱼小丸子、豆花面，整整八年的回忆，希望下一个八年，我们都很好很好。

美院二三事

这些故事始于 2012 年的夏天。

新生开学季，小鲜肉们提着行李往各自的宿舍楼走去，每位报到的新生都要去宿管阿姨那里领一份新生手册，宿舍钥匙，以及水电卡。

新生手册的内页上印着："志于道，游于艺。"这是四川美术学院的校训。据说学校正大门的道路之所以修得波澜起伏，就是为了让莘莘学子体验爬坡上坎的艰辛，以便时刻提醒我们艺术的道路是崎岖的。

开放、多元、自由、兼容并蓄，这是川美的校风，也是创作的格局所在。校园里没有打铃的声音，图书馆和绘画楼外摆放着很多和真人等大的裸体雕塑，平日里大家都宅在宿舍里搞创作，以至于学校人烟稀少，到了晚上就会呈现出诡异荒诞的氛围。

自古高手在民间，这一句话放在川美可谓是非常贴切。

手臂上有文身的宿管阿姨，一看当年就是混江湖的主儿，她闲暇的时候会泡一杯绿茶，画一幅油画；保安队长的速写功底相当深厚，他偶尔会跟纯艺类的研究生说道几句，例如："搞创作不能浮躁。"低头弯腰，衣着朴素，戴着草帽在学校里默默修剪花草的园丁们，是我们两年艺用人体解剖课上的裸模叔叔。

院长、系主任、老师大多是海内外知名的艺术家或圈内新秀。老师们的精神世界丰富，他们的思维和个性会颠覆你过去对传统教师队伍的认知。

他们永远年轻。

有戴着墨镜，和学生一起在学校大门口，欢快地跳川美 Style 的罗中立院长。

有铁血严谨，造型能力高超，学生晚到一分钟也会被记迟到的珊珊老师，她认真负责到每天都会手把手给我们示范人体骨骼上的肌肉塑形，"看看你们做出来的东西！幼稚！肤浅！可笑！"珊珊老师的日常轰炸虽然让我们对创作和人生产生过短暂的怀疑。不过，她传授的一甲子功力，虽然不足以把菜鸟变成大神，却也让我们的专业日渐精进，所以我们都爱她。

有剃光头带耳扣，看似玩世不恭，实则低调内敛，到了夏天就穿紧身背心，身材堪比男模的小刚老师。课堂上，他偶尔跟我们一起画，有

535 宿舍毕业照

一天我亲眼所见，他仅用四个纯色就调出了非常丰富的高级灰色调，让画面中的人体明暗关系强烈。拍毕业照那天，很多女同学都挽着他合影，她们抬头望着小刚老师，笑容灿烂如春光。

有爱好收藏，喜欢干净整洁，强迫症晚期的老唐。春秋季节，他常常穿一件皮衣，戴一条皱麻围巾，文艺持重是常态的他，却又时不时放浪形骸地讲讲列国游记和段子。老唐给我讲速写的时候说过一句话："你的速写可以往装饰方向走，这是你自己的风格，你看老周画的速写人物，就很像他自己，指甲壳又黑又大。"

有沉迷于做实验动画无法自拔的茜濡老师，她的内心和她的作品一样感性、细腻、浪漫。她创作的《追忆爱人》《模糊记忆》《鱼的忧伤》《来自梦的温柔》。每个作品都呈现出一个真实又迷离的世界，足以唤醒观众内心的柔情。

还有无比真性情的齐子老师，四年里，她给予了我很多爱和帮助，即使我已经毕业多年，我们之间仍然亦师亦友。她疯疯癫癫，童心未泯，一起出差的时候，她看我心情低落，我告诉她自己表白失败了。

"哈？你跟谁表白失败了？"坐在床上看书的她哈哈大笑。

一边激情澎湃地给我念书里面的台词："又想你了，在每一个忙碌下来的空隙里都忍不住想你，我能告诉自己理性，但我控制不了想你的心，但凡你有一丁点儿不那么讨厌我，让我们接触彼此，让我喜欢你到你不再需要我的喜欢为止。"

"老师，你够了。"我一脸无语。

"我把这段文字发给你，你转发给他，如果还是不行，你就直接冲到实验室门口，再去跟他表白一次，哈哈哈。"齐子老师一脸欢乐。

新生入学前的夏天，大家建了一个 QQ 校友群，我在群里面的昵称是"陶叔"，大家都以为日常活跃的我，是个阳光开朗的男同学。

后来有个油画系的男生跟我讨论了很久关于绘画媒介的事情，还问了我很多问题，例如我交过几个女朋友，开学要不要一起撸串喝酒。我说我不抽烟不喝酒不把妹，有洁癖不吃路边摊，他就骂我死娘炮，你到底是不是男人？

开学以后，油画系和动画系一起上体育课，他问我："兄弟，你在哪儿？"我说："穿薄荷绿针织衫，站在柱子旁边那个人就是我。"他又道："兄弟，男人是不能轻易穿绿色的。"走近以后他一脸尴尬："陶叔，我居然没发现你是女生，难怪之前约你打篮球你不出来。"

推开 535 宿舍门见到室友的那一刻我很开心，因为我觉得有一群志同道合的人一起搞创作真好。那时候，宿舍的四位妹子都是单身，有一天晚上大家开卧谈会，那次卧谈会的主题是：真爱。被问道为什么不谈恋爱的时候，我们各自给出了答案。

八尺："小学就开始谈恋爱的我，已经看破红尘。"
耳东吉："智者永不坠入爱河。"

他陪我回美院买画材的那一天

李少侠："我内心强大，不需要男人。"

我："生命短暂，艺术不朽，我要好好搞创作！"

后来八尺有了一峰；李少侠有了凡雪；耳东吉前往北京进修，跟大神混了一段时间，创作开始突飞猛进；我的作品几乎覆盖了国内所有青春类杂志，参加很多比赛拿了奖，出了书。就这样，我和耳东吉携手在艺术道路上渐行渐远，最后一去不复返了。

当时，经常跟我厮混在一起的还有提哥和根根，她们俩都是专业强悍但脑回路清奇的女同学。

班上男生的求生欲都比较强烈，所以我们班没有班花，因为，每个女同学都是一朵花，你可以说她是玫瑰花，牡丹花，栀子花，但就是不能说她是五月川美校园里开得金灿灿的油菜花。

三八女生节那天，班上的男同学凑钱买了一堆自由点姨妈巾和红艳艳的康乃馨，姨妈巾拆开大包装后用彩色纸包好，和康乃馨粘在一起，放进一个篮子里，每位女同学一人拿一份。

美术学院的女孩子打扮得都很独特，每个人都有自己独一无二的风格。

每次我站在学校南门口的小卖部等室友，总会有一排又一排的女生从我面前走过，那种感觉就像在看不同年代、不同国家的时装秀，从内陆港台到欧美日韩，各种风格应有尽有。

还有一群有趣的同学。

有家境优越，但从夏入冬都只穿一双运动鞋，只喜欢安静貌美，胸大腰细的女生，后来大大方方承认喜欢的其实是充气娃娃的"小兰姐"（男生）。

有其貌不扬但家里有矿，吃水煮肉片会把汤都喝到不剩的超级大胃王"狗蛋"，他总是频繁更换最新款的电子产品，却因没有富二代的气质，总被大家质疑使用的是山寨产品。

有外冷内热，不善言辞，专业能力在全国可以制霸一方，重庆四十度的高温，在宿舍睡觉可以不开空调的"高分姐"根根。"画面的虚实关系很简单啊，看到了画上去就是了。"身为学霸的她，轻描淡写的一句话常常会让我们倍感碾压。

画画的时候爱讲黄段子，总把"菊花"这个名词挂在嘴边的男生"老菊花"。因为他日常黄暴，我们给他取名为"秦始黄"，后来更名为"老菊花"。在他生日的那天，我们送了他一大束五颜六色的非洲菊，他很腼腆地跟我们说了句谢谢之后脸红了。每天和他一起出没的，还有他的好基友小方。

有无限热血，大学四年几乎都在闭关创作，如果整不出成果来就坐在画板前思考人生的我。画画之余，我每晚都去足球场散步，每次路过女生宿舍楼的时候，都会看到不止一对小情侣在亲亲抱抱举高高，此刻的我，会在心里默念几遍非礼勿视，然后低头快速走掉。

大概只有艺术学院这样的地方，可以包容这样一群"异类"吧。

大一大二大多是基础课程，风景写生，静物写生，速写，人体工程学，艺用人体解剖课。每年五月学校会统一组织一次外出写生，写生地点会选择一些古镇，或者北京，敦煌，云南。大家背着画板，三五成群，同吃同住，互相照应的同学情谊至今仍让我觉得非常温暖。

老唐说，动画系的学生一定要攻克人体动态和人体解剖，为了让我们在研究过程中更加严谨，他带着我们去了重庆医科大学的大体实验室。

大概，艺术生和医学生的内心都比较强大，看了一堆肢解的尸体和病变的器官之后，晚饭时我仍面不改色地炖了一锅排骨汤给室友喝，她们的食欲仿佛也并没有受影响，直到我发现汤的颜色有点类似于……

"你觉不觉得这个汤的颜色有点像福尔马林液体哦？"我默默地放下碗，转过头对李少侠说。

那一刻，李少侠的表情突然凝重了。

四年里，每个人都在为自己的目标而努力着，我完成了出书，成为插画师的梦想，李少侠成为摄影师和平面设计师，有同学回去继承家业，还有同学已经结婚生子。

曾经有充满幻想的未来，曾经有疯狂爱过却没有在一起的人，曾经有棱角分明的青涩的脸，曾经有无知懵懂的打打闹闹，曾经和室友一起醉酒后肆意妄为，曾经的文艺少年磨成了如今油腻的老腊肉。

时光从不为任何人停留，美院二三事，都是一页一页翻过的青春。

和提哥的毕业合影

那小子有点拽

　　这小子有点拽，他比我小两岁。

　　长辈们都说尊老爱幼是中华民族的传统美德，但老祖宗定下的规矩仍然不妨碍我看不惯他，甚至想动手打他。

　　别人家的男孩子都穿戴整齐，读书用功，他却喜欢拿激光笔到处乱射，在我的图画本上用彩色铅笔瞎涂，把篮球拍到没气了到处乱丢，和小伙伴比赛谁尿得更远，还在水泥地上和同学一起用手扇奥特曼卡片，玩儿弹珠，滚得满身是灰，站没站相坐没坐相。

　　我真的无比嫌弃他，在我眼里，他长得就像一棵灰头土脸的大头菜。

　　我和他背着书包每天一起上下学，一起睡午觉，吃饭的时候还会比谁的碗里不剩饭粒。

一起做作业，一起爬到树上摘黄桷兰，一起在沙堆里翻各种颜色的鹅卵石。

一起在家打游戏魂斗罗，如果我输了就会放下游戏遥控器站起来打他，他就会一边用手挡一边说："好男不跟女斗。"

一起用发射塑料子弹的玩具枪打家里的矿泉水瓶子，一起看喜欢的动画片《四驱兄弟》，后来我们买了赛车回来组装，发现赛车并不能听懂人话，人也无法用强大的意念去控制车速，最后赛车由于强大的电机动力一头冲在墙壁上，不仅翻了车还被掀了盖，"老大，动画片里原来都是骗人的。"他捡起地上的赛车对我说。

一起傻傻地用弹弓打树上的鸟，却一不小心惊动了马蜂，我的右手被马蜂蜇了，他的额头上顶了一坨稀鸟屎，顺着鼻子滑了下来。我们俩同时中招，发生这种奇葩事儿的概率估计是万分之一，当时，我觉得家长不应该批评我们，而是应该带着我们去买彩票。

漫长的成长岁月里，我们的感情亲密而深厚，也见证了彼此所有惊天地泣鬼神的神举动。

如果说我是神烦，那他就是鬼烦，我们俩加在一起就是神鬼见了都烦。动口不动手是日常，因为我们即将动手的时候，总会被外婆一声河东狮吼震尿。

这个人就是我表弟。

上幼儿园的时候，他的奶粉和果冻经常被我抢走，一起去乡下玩儿，他在露天草地拉屎，我笑嘻嘻地推了他一下，他就坐在了那坨屎上，黄灿灿的一屁股，如同四月田野上盛开的星星点点的油菜花。

时隔多年他仍然说，我当时的做法伤害到了他作为一个男人的尊严。

虽然这么多年我一直没发现他有什么优点，但喜欢他的女孩子就是很多。

当他的小白兔前女友和温柔甜美现女友发生两女争夫事件的时候，我是力挺小白兔的，小白兔是个勤奋上进的女青年，在工作上和生活中都非常吃苦耐劳，就像我一样。

分手之后小白兔一脸委屈，我火冒三丈道："这个傻直男！你不要怕！大不了在家里宅斗！"

"姐姐，你冷静一点。"小白兔一把拉住我。

行事风格一向极为奔放并且无比厌弃宅斗的我，居然也发现了自己的宅斗天分。

三个女人一台戏，我巧取豪夺，软硬兼施，明里暗里在家里搞了很多事情出来，最后给表弟洗脑仍然未遂，温柔甜美现女友获胜，碍于情面我也只好亲切地叫她一声妹妹，还笑容如菊花盛开般的寒暄了一句："妹妹，以后大家就是一家人了。"那一刻我觉得自己无比虚伪无比恶心，扶着墙干呕了一下。

过了些时日，我默默地对小白兔说了句："哎，他配不上你，随他去吧，高富帅和大把的金钱玫瑰花在前方等着你！"

他很少叫我"姐姐"，总是叫我"老大"，我吐槽他油腻没文化，他嘲笑我粗鲁暴力不像女生，我们俩总是互相嫌弃却又不离不弃，后来女大十八变，当他发现我身上慢慢涌现出宝贵的女性特征的时候，就开始改口叫我姐姐了。男大也有十八变，他整理收拾出来其实也是个挺精神帅气的小伙子。

表弟进入社会比我早，他比我成熟也比我圆滑，是个很有商业头脑的商人。

他总是无条件地给我买衣服、提包包；在我家帮我做饭洗衣服洗碗；在我跟老妈置气绝食的时候，他推开卧室门给我端来一碗饭菜，热腾腾的米饭上铺满了蔬菜和炒肉，他还捡完了我丢在地上的擦眼泪鼻涕的纸。

当我第一次谈恋爱约会，少女怀春心潮澎湃的时候，我把他叫到家里当参谋，问他在直男眼里女生穿什么衣服好看，他说女生穿运动装最好看，家里没有一件运动装的我脸色瞬间阴沉了下来，空气突然安静。

"姐姐，你衣柜里面那么多衣服，随便穿什么都好看，粉红色的连衣裙衬皮肤，蓝色条纹的吊带裙清新又可爱。"他的求生欲比较强。

"哦。"我翻了他一个白眼。

"我是说真的，等你把衣服换了我给你弄个发型。"他把镜子前面的插线板拖了过来，加热卷发棒。

"你还会卷头发啊？"我表示质疑。

"相信我的技术。"他拍了拍胸脯。

出自他手中的卷发造型，却由于两边的卷曲程度不一样，导致一边长一边短，他就坐在床上开始哈哈大笑，我当时憋了一句"笑你妹"没说出口，因为他的妹妹也是我的妹妹。最后我一言不发地提着包包去理发店补救了。

我们知道彼此所有的秘密，懂得彼此所有的喜怒哀乐。

他和我妈一样，最担心的事情不是我的前途，而是我嫁不出去。每次他婆婆妈妈碎碎念："姐，其实你的条件很好，但你不要太强势了，不然真的会嫁不出去的。"

我就会反驳他："又要温柔又要美貌，直男就是矫情，男人喜欢花街柳巷，我也喜欢白马会所，如果我带以后的老公出去喝花酒他不闹情绪，我就夸他一句相公甚是贤惠识大体！好了你给我闭嘴！"

和小时候相比，现在的我们相处得很融洽，虽然偶尔还是会互相嫌弃，但也觉得拥有彼此是一件幸福并且幸运的事情。

小时候和弟弟的合影

我们一起规划过未来的职业生涯，也一起做华丽的梦；我们一起规划过老了以后的生活，住同一个小区，楼上楼下或者隔壁；两家人每年出去旅行一次，让家里所有的小朋友都学画画，房子的一面墙上要贴满我们和未来家人的大头贴，每天清晨都会有阳光照在上面，微风拂过照片墙，波光粼粼。

那个女孩叫大哥

我坐在椅子上，看日出复活。

我坐在夕阳里看城市的衰弱，

我摘下一片叶子，让它代替我，观察离开后的变化。

曾经狂奔，舞蹈，贪婪地说话，

随着冷的湿的心腐化。

带不走的丢不掉的让大雨侵蚀吧，

让它推向我在边界奋不顾身挣扎。

大一新生入学前的那个夏天，陈绮贞干净清新的歌声还在我的房间里回荡。

那年夏天愉快而明媚，既没有作业，也不用上数学补习班，我在家里写字画画，还和同学一起去时装店做了假期兼职。

同一届的新生们建了一个年级QQ群，大家备注了自己的专业和班级，怀着对大学生活的憧憬，每天都在群里面谈天说地，聊专业，聊情感，也聊上几届的八卦，偶尔还会在群里面找找自己的同班同学，我也是其中的活跃分子，不过我聊得最多的是动漫和日本漫画家，还经常在群里分享一些漫画和插画作品。

"同学，你好。"重庆的夏天酷热难耐，那一天我正坐在电脑前啃冰西瓜吹空调，屏幕上突然弹过来一句无比官方的问候。

我点开这个人的资料信息，种种蛛丝马迹足以证明此人是个如假包换的女孩子，并不是男生为了撩妹子而把性别改成了"女"。

"少女，我很好。"我打了一排字过去。

"我们是同一个宿舍的哦。"她在这话的背后打了个笑脸。

女孩子的侦查能力果然强大到无懈可击，我居然这么快就被自己的室友找到了，我回复："原来是室友啊。"

我们就像是找到了失散多年的姐妹一般兴奋，也像是热恋期的小情侣，吧啦吧啦的有说不完的话，从出生年月聊到当地的风土人情，无话不谈。几天之后我问她："要不要交换照片？"

她发了一张坐在沙发上的四分之三侧面的照片给我，照片上的女孩是微卷披肩长发，眉毛淡淡的，素颜很是清秀，穿着白色的 T 恤，还有一双大长腿。

我的室友居然是个美女，真好啊。

而我决定在见面之前给她制造一个悬念，于是找出一张自己穿着白衬衫，戴着 COSPLAY 男生假发的照片发了过去，没想到她居然对我犯起了花痴，还把我的照片发给她的其他朋友看："快看快看，我的室友居然是个这么帅气的女孩子！"

那一刻我露出了狡黠的微笑，因为我还把一张戴着长卷假发，画着眼线的照片发给了另一位室友耳东吉，她的评价是："这厮虽美，但眉眼之中却略带算计。"

我佩服自己可男可女的演技，我是喜欢开玩笑讲段子的插画师恰吉丸。

入学报到的那一天，我提着大包小包用胳膊肘顶开宿舍虚掩的门，一股脑地倒出自己所有的画具，把它们摊在桌子上，我用湿纸巾把桌子擦干净，将漫画钢笔全部插进笔筒里，其他的画具依次排放整齐，桌子非常脏，湿纸巾上沾染了又黑又厚的积尘。

和大哥毕业后的第一次见面

她提着葡萄和酸奶突然回来了。

我转过身，我们俩沉默地对视了几秒。

她上下打量了我很久："你，不会是照片上那个酷酷的恰吉丸吧？"

"对啊，是不是很失望，哈哈哈。"我开始嬉皮笑脸，"你是苡君吧。"

"你居然是个又白又瘦的软妹子，哎，算了，以后你叫我大哥吧，来，请你喝瓶酸奶。"她把酸奶放在我的桌子上。

从那以后我就叫她大哥，我们的故事就这样开始了。

我们一起上课，一起做作业，一起躺在床上彻夜谈心，一起去听留学生的音乐会，一起骂渣男。我带她去了我家，分享了很多我小时候的玩具和照片，我们在高中校园里散步，还在后山上看了很美的景色。

每当我在杂志上发表了插画作品，总会开心地跑下楼，从生活管理员那里拿回杂志样刊，拆开信封，翻出有我作品的那一页，让大哥帮我和书页拍合照。

我们同住了四年，了解彼此所有的细微小情绪和夸张的肢体语言。

当香奈儿邂逅粉色香水的味道弥漫在宿舍走廊上的时候，我就知道她回来了。

大哥擅长打理生活中的一切，她的所有东西都非常精致。她甚至可以把普通的三角内裤包装得像昂贵的奢侈品。她的桌子每天都干净整洁，一年四季的衣物也全部用蒸汽熨斗挂烫平整放在衣柜里，她的包非常多，各种风格、品牌、材质应有尽有。她最常挎的是三宅一生的亮面银色菱格女包，里面装着素黑的《好好爱自己》，温柔知性的轻熟女风格是她的日常装扮。

　　大哥时不时露出腹黑邪魅的歪嘴笑，她左边脸的苹果肌上有一颗痣，右边脸的下颌骨处有一块形状奇特的红色胎记，有段时间她偏爱宽松的棉麻袍子和文艺牛皮靴，喜欢在床上打坐冥想。她还有很多潮牌 T 恤，上面有许多怪诞可爱的图案，每年夏天她都会戴着蛤蟆镜，涂着姨妈色口红，顶着全头烫在草莓音乐节现场狂嗨。

　　大哥的酒量非常惊人，能喝三瓶江小白高粱酒，喝多了就盘腿坐在宿舍的地板上画儿童插画，她状态好的时候会让我帮她拍创作照片，状态不好的时候就坐在椅子上垂着头，盯着我傻笑，对我抛媚眼，我通常会递给她一个洗干净的水果，或者帮她倒一杯水。

　　如果说大哥是一块铁，床就是磁铁，她喜欢慵懒地侧卧在床上，我推开门的时候总发现她在"倒挂首级"，所谓的"倒挂首级"，就是每当画画引起她腰酸背痛的时候，她就会平躺在床上，把头从床边栏杆上垂下来，她说这样做是为了舒展自己的颈部。在我看来，她披头散发的样子更像是贞子，我常被吓得一抖，再见怪不见地坐到自己的桌子前继续淡定地画画。

我们中午会一起去食堂打饭端回宿舍，然后坐在电脑前看一些情感类和访谈类节目，不动声色的大哥经常语出惊人。有一次我们看了一个明星的情感经历，发表着彼此对待感情的见解和观点，她对我说："你对感情还是挺专一执着的，我没办法跟不喜欢我、拒绝我的人好好说话，他喜欢我，我就加倍喜欢他，他不喜欢我，我就想打死他。"

大哥是每晚都会跑步健身的女神，而我是整日埋头画画的食物粉碎机。

我一边粉碎零食一边在大哥面前碎碎念："常言道，知己知彼，百战百胜，大哥你又不吃零食，他们送零食意义何在？难道想让你长胖。"

"可能是吧，哈哈哈。"大哥喝了一口茶，脸上露出了春风得意的笑容。

大三的夏天，大哥参加完一个活动，回来的时候手上提了一盒黄金菊和一套陶瓷刀。

"大哥，你要华丽变身了吗？你是为了提高自己的生活质量？还是遇到真爱要洗手作羹汤了？简直匪夷所思！"我盯着她手上的东西。

"都不是。"她把东西放在桌子上，从陶瓷刀的包装盒里拿出一封信，"小乖乖，你读书多有文化，帮我翻译翻译，我他妈看不懂啊。"

我接过那封信，展开信纸的那一瞬间，龙飞凤舞的飘逸字迹瞬间映入眼帘，我逐字逐句仔细读了起来，信的内容让我十分震惊，没错，那是一封散发着单相思酸臭味的情书。在这个男生的眼里，大哥是温婉贤惠，进退得宜的大家闺秀，信中不仅夹杂着文言文，还提及了曹植的辞赋名篇《洛神赋》里面的诗句，"翩若惊鸿，婉若游龙。"

让我无语凝噎的是，这个男生把《菊与刀》这本书也写了进去。

"大哥，原来他送你黄金菊和刀具是因为这本书啊，《菊与刀》这本书我看过，里面讲了日本人的文化和性格，还有武士道精神，但是，为什么要送女生菊花和刀呢？"这个男生的脑回路让我很费解。

"他说泡茶是社交礼仪，让我学会以后用得上。"大哥似笑非笑。

"中国有六大茶类，大哥不需要会泡茶，你只需要会喝茶就可以了，他为什么不送香水、包包或者口红？菊花和刀是什么套路，好了大哥，我们可以把他拉入烂桃花图层了，不要再给机会。"我气定神闲地重新把信叠好。

"对啊，我不喜欢那种磨叽不来实事的，他写那么多没用的彰显自己的"文采"，还不如问我喜欢吃啥来的实在，他就是不舍得花钱还不老实，我觉得他自己可能都没看过《菊与刀》那本书。"大哥嫌弃的表情至今仍让我记忆犹新。

"他不懂你。"我点点头。

我经常在宿舍煲汤做饭，不久之后，那套刀具就被我煲汤砍骨头给砍缺了。

实际上，大哥心里一直默默地喜欢着一个男生。

这个男生颜值与智慧并存，开学的第一次文化课就把《时间简史》带入了课堂。他自学 3D 建模连眼睛都不眨一下，每到期末的英语考试，坐在他四面八方的同学都会向他投去求助的目光。但他害羞腼腆，一跟女生说话就会脸红，大学快要毕业了还没谈过恋爱，这个男生是一峰，我们隔壁班的学霸同学。

"大哥，我们还有一年就毕业了，你觊觎一峰已久，不如早点付诸行动，再不出手恐怕就晚了。"我一边埋头画图一边怂恿她去表白。

"哎，以前都是别人追我，我还没有追过别人。"大哥的脸上竟然露出了百年难得一见的羞涩，"不知道一峰是怎么想的。"

"大哥，既然你开口了，我一定帮你办妥！"看在四年的革命友谊和无数零食的份上，我在大哥面前立下了军令状。

"靠你了。"大哥看了我一眼，低头含蓄地微笑着。

我立马点开了提哥和狗蛋的 QQ 对话框，提哥是我的好朋友，她和狗蛋都是一峰的同班同学，我们三人对接了一下，制定了一个名为"男神入我怀"的惊天计划。

期末聚餐的晚上，提哥和狗蛋如两大门神一般，一左一右把一峰夹在中间，狗蛋用他肥硕的双爪环绕住一峰的腰部，露出老母亲一般亲切的微笑道："一峰，想不想谈一场轰轰烈烈的恋爱呀？"一峰先是愣了一下，接着抿着嘴深沉地点了一下头。

提哥见状喜形于色，立刻笑眯眯地凑了过去："那你觉得隔壁班的女生怎么样啊？"

"隔壁班的女孩子都很好啊。"一峰的脸有点微微泛红。

"你觉得苡君怎么样？"提哥乘胜追击。

"还好吧。"一峰说完这句话脸红到了耳根子。

空气突然安静，提哥和狗蛋若有所思地笑了，那顿火锅的氛围，热辣中带了一丝微妙。

周六的上午，我在专心致志地画杂志社的约稿，大哥坐在我旁边握着手机飞快地打字，过了一会儿，她轻轻地把手机放在桌子上，把她那微微出汗的手掌搭在我握着画笔的手上，心花怒放道："一峰在图书馆看书，让我给他送一瓶水去。"

"不错不错，好好打扮一下。"我两眼放光，"看样子有戏！"

大哥从椅子上蹦跶起来，打开衣柜翻箱倒柜，换上了最近才买的淡蓝色衬衫裙，她走到镜子前面晃了晃，拿出气垫 BB 霜往脸上扑粉，开始涂口红描眉。

"小乖乖，我喷一下你的梦仙奴香水，我这个香奈儿的味道有点浓郁，我怕一峰不喜欢。"大哥把香水喷在空中，表演了一个爱的魔力转圈圈。

"大哥，相信自己！你可以的！"我鼓励她。

"嗯嗯。"大哥欢喜之下难掩慌张的神色，却还是春心荡漾地打着太阳伞，花枝招展地出门了，一来二去，大哥和一峰两情相悦，这件事情便水到渠成了。

一个夜黑风高的晚上，我在家里画新书的稿子，不知不觉已经到了晚上十二点多，我站起身伸了个懒腰，看了一眼窗外，街上只剩下几个零零散散的路人。我准备起身洗漱，手机屏幕上突然弹出大哥的消息："我把一峰办了。"

大哥终于对低调单纯的一峰伸出了魔爪，行了禽兽之事。

"干得好！一峰这种被动的闷骚学霸，最好猛烈进攻一鼓作气拿下，免得再而衰，三而竭，最后不了了之。"我把画笔放在桌子上非常热血。

毕业后一峰去了他向往已久的游戏公司，大哥在一家画廊工作，他们生活在一起，朝夕相处。而我的生活状态一如往常的单调，除了上班就是画画，我们见面的时间变得少之又少。

就这样过了两年，某天我突然接到大哥打给我的电话："我要跟一峰回厦门了。"

这件事情让我低落了很长一段时间，她离开重庆的前一周我们见了一面，她带我去了一个私房茶舍，请我喝白茶。

我收到了她精心准备的礼物，日式和风纹案的包装，里面装着一个色彩明快活泼的陶瓷碗和粉色水壶。我们坐在蒲团上促膝长谈，聊了未来的规划和愿望，她说去了厦门以后，一切就要重新开始，她在那边没有亲人和朋友，听到这句话我不免有点伤感，不知道说什么的时候就沉默地捧着茶碗听她倾诉。

大哥是个知足常乐的小女人，对物质和事业都没有太远大的抱负，她说生活其实很简单，自己随遇而安就好，而我已经有了辞职的打算，决定要开始创业。我们在各自追寻自己想要的生活，怎样都是好的，晚上回去之后我坐在沙发上哭了好一阵，我为数不多的好朋友根根、老前辈、提哥已经离开了重庆，这一次她也要离开我。

我常常翻看大哥的朋友圈，阳光，沙滩，海岸线，草坪，还有她和一峰的合照，人间温暖，她的状态很好，时间过得很快，他们结婚了。

"我昨晚梦到你了，梦到你又带我去了你家后山，山上有大片盛开的粉色樱花，我们一起在草地上奔跑。"她给我发消息的时候，落地窗外的耀眼阳光正好透过粉色芍药，落在我未完成的水彩画上。

我突然想起了大学四年打马而过的时光，想起了我们站在宿舍楼上拍下的夕阳，想起了那栋长满爬山虎的绘画楼，想起了在学校一起骑单车的日子，想起了她帮我买早饭到教室的冬日早晨，想起了赶毕业创作的时候，一起去买布景的射灯和电线，想起了她和一峰帮我搬家的样子，想起了很多我们之间的美好回忆和细节。

我想起了她的微卷发，想起了她的歪嘴笑，想起了她在床上打坐，想起了她一本正经爆粗口的样子，想起了她对我说的那句："要穿得大牌首先你的胸得平。"

我想起的那个女孩，她叫大哥。

最佳损友

关于我和插画师恰吉丸（陶怡）之间的那点事儿：

"射手座有一个很大的特点就是不信邪！"

这是恰吉丸两三年前在饭桌上和我说过的一句话。

最开始认识恰吉丸的时候，是我在考研那会儿，我一学动漫产品设计、一想到要考动画，还要考用 TBS 软件画动作就感觉头痛。听老师说比我低一年级有一师妹今年也要考，天天在画勤奋得很，我就忐忑不安地跑去向对手"学习"了。

她当时画了什么我至今已然记不清了，或者说，当时也没记清，就记得这个师妹是个美少女。我这人别的运气没有，考试运一直好得挺邪乎的，顺理成章地就那么考上了。但恰吉丸师妹在复试的时候遗憾地差

186

了那么一口气儿，所以我俩没能成为研究生同学。其实在我读完硕士之后回头再看，会觉得她当年错过了也是一种幸运。

因为在我眼里，她就是有做插画师的运气。也许，正因为她当年的错过，才让她有了更多的时间做她喜欢且擅长的事儿，所以才能有今天的插画师恰吉丸，才会有今天的春山画舍。

而后的三年岁月里，她画她的插画，办她的艺术培训机构，教她想教的课。我读我的硕士，做我的人偶，琢磨我的论文。我也不知道怎么回事儿，她好像挺愿意找我玩儿的，偶尔我俩小聚一下，吃吃喝喝，吃撑了再吐吐槽。

我眼里的恰吉丸，有着和大多数射手座 Girl 相似的神奇特征，岁月静好的外表下住的不是小公主，而是极为真性情的豪杰；即使她的作品里偶尔伴随着细碎的忧伤情感，却依然选择了极为坚韧的做派与姿态；骨子里是那种率性而为，愿意为了朋友两肋插刀天不怕地不怕的人。

她热爱创作，右眼动过手术，颈椎，腰椎，右手，心律，内分泌一起出问题的时候，她还在医院无限热血："只要地球不爆炸，本王就要继续画！一支笔也可以打天下！"住院那段时间，除了在病房画画以外，她偶尔会调戏一下医生和护士，讲讲段子，以至于她的主治医生和管床医生，每次看到她就会很开心。

我原本在她面前举止慢热而保守，居然和她吃了几顿饭就被她带得很疯癫，变成了很好的朋友。很久以后我才知道，她对我如此好奇是因为本科的时候就从同学口中听过关于我的很多"黑料"。

"知道么？射手座有一个很大的特点就是不！信！邪！"她放下筷子，咽了口饭菜看着我，"越说越不信，所以我一定要认识你，看看你到底是不是像别人说的那样！"

听恰吉丸这么说，我感觉有点蒙，但就是觉得很想笑，"那要看你站在什么角度评判我了，很多事情没有绝对的对错，只有相对的立场。"我说。

或许和热血的恰吉丸相比，我这人的气质就是比较呆。

以上是齐师姐对我的碎碎念，齐师姐是个风趣且有才华的人，分明是个如假包换的富二代，却总让人以为她是饭都吃不上的特困户。虽然在大多数人眼里，她三观不正，嚣张跋扈，但人都是多面的，搞艺术的女人更是多面的，我愿意跟博学多才的她成为朋友。她的身份有很多：人偶艺术家、动漫产品设计师、游戏设计师、家具设计师、高校讲师。

她有一柜子的定制外套，一整面墙的藏书，书类涉及冷兵、文学、插图、各种冷门书、禁书。还有一桌子的石塑黏土，一箩筐的铁锤，电钻，打磨器，一抽屉的点翠，金工饰品。

"不积跬步无以至千里。"是她的座右铭。

"路见不平一声吼，该打狗时就打狗。"也是她的座右铭。

她喜欢逛博物馆，喜欢看古董和艺术品，喜欢看书，喜欢名侦探柯南。一张冷脸，静若处子，张口犀利，她的说话方式和语调皆带冷幽默，却又不时蹦出许多一针见血的观点，跟喷子、黑子发生对战的时候，她不撕则已，一撕惊人，从来没输过。

从小就接受严谨绘画造型训练的她，是国内优秀的球型关节人形师，她衣品不俗，爱金工首饰，手指上常常会同时戴好几枚设计感强烈的戒指。

我们的性格中，最相似的地方就是偏执，我们都属于干一行爱一行的人。

为了创作，她前往广州、深圳、北京、福建等地进行了陶瓷、金工、铸造等工艺的学习，不断地提升和打磨，以人偶作为载体，将雕塑、服装、道具、珠宝等艺术门类融入其中，她的作品底蕴越发深厚。

对她而言，时时刻刻都会有瓶颈，但也时时刻刻在突破瓶颈。作为一个科班出身的创作者而言，她认为做产品的第一要义就是美感，通俗地说就是好看。作品再怎么变形也得遵循变形规律，不然就不叫变形，而是"变态"，或者"审丑"。

海内外参展无数，还拿回好几个重量级奖项的她，在国外见到了很多传说中的艺术家和设计师，为了取经，她用不堪入耳的英语和神乎其技的意念与他们进行交流和探讨。近年，她对球型关节人形的形态和形式美进行了突破性的研究，总结出了共性和规律，探索了新的发展方向，在学术领域赋予了关节人偶新的定义，也为大家今后的创作提供了一个有据可依的参考。

和齐师姐在研究生毕业展上的合影

陈娜丽莎的微笑

如果说每个人的成长岁月里都有一个胖子朋友，那她定是我生命中不可或缺的那一个，她是小肥楠，我们也叫她陈娜丽莎；如果说世界上有一种自信叫作"超机车的自信"，那一定也有一种微笑叫作"陈娜丽莎的微笑"。

陈娜丽莎这个绰号源于达·芬奇一张名为《蒙娜丽莎》的世界名画。一个画速写的晚上，我和小鱼儿师姐在看大师作品的画册，突然翻到了《蒙娜丽莎》。前些天刚看完恐怖漫画的我盯着这张画寻思良久，转过头去对小鱼儿师姐说："小鱼儿，你不觉得蒙娜丽莎的笑容很诡异么？"

"哪里诡异了？我来看看。"小肥楠如幽灵一般突然从旁边蹿了出来，"这个微笑，让我来给你们模仿一下。"她用丰腴的手臂把画册捧在怀里，嘴角微微上扬，目光柔和地平视前方，那一天不知道是她的发型给力还是演技爆棚，她的姿态晃眼一看，竟真的有一丝蒙娜丽莎恬静典雅的神韵。

"陈娜丽莎的微笑！简直不得了！"小鱼儿师姐大喊了出来，从那天起，陈娜丽莎这个绰号就在班上传开了，一传十十传百，她便成了艺术学校里面响当当的人物，与她打过照面的同学都会多看她几眼。

陈娜丽莎的普通话不太标准，偶尔会平翘舌不分，她总把"死"读成"屎"。有时候老师会走到她的座位旁边，用手指一下她画的素描说："你这个东西的暗部画死了。"这时候她会露出一脸纠结的表情反问老师："画屎了怎么画活呢？"带我们的老师是北方人，他听完后强忍住笑意说："用橡皮把颜色减弱，强调一下虚实关系。"我和其他同学会把头埋在画板上，发出核爆般的笑声。

陈娜丽莎的性格开朗可爱，却又十分纠结。她最纠结的事情一是画画，二是减肥。减肥这件事情她已经说了十年，至今也没有成功，她还是我青春记忆里那个可爱的胖子朋友，我也常说那句鼓励她的话："小肥楠，加油，你瘦了就是全智贤。"

我翻开十二年前的日记本，上面写着："今天认识了一个线条排得非常细腻的女生，她叫小肥楠。"日记本的内页开始脱页发脆，看到那些手写字的时候，我仿佛又回到了高一下学期的那个下午，那一天的我提着画架和画板走进五楼的美术教室，在其他同学的画架空隙之间找了个位置，撑开画架和板子坐了下来，这是一个没有人画的刁钻角度，盘子里的水果几乎被陶罐挡完，我横看竖看都无从下笔，就趁四下无人的时候偷偷转了一下陶罐的位置，"不许动静物！"一个声音从背后传来，我转过头看到一个气急败坏的白胖女生，她的手上握着几支削得十分尖锐的铅笔，那阵势就像要用铅笔当武器在我身上戳几个洞，我只好默默把陶罐转了回去，回到原位。

"你是哪个班的呀？"她坐下画画的时候跟我聊天。

"十四班的。"我回答。

"以前好像没见过你，你是新来的同学吗？"她继续问。

"嗯。"看不清楚画面主体物的我一脸冷漠。

"请你吃果丹皮，下次我可以帮你占座位。"她似乎察觉到了我的不快，递给我一根果丹皮。

我接过那根果丹皮的时候，心底竟然有温暖开始涌动。我们慢慢熟悉了起来，一起画素描的时候，讨论得最多的除了三大面五大调，物体质感的塑造方法，还有街边小巷的各类零食。两个女生一起去美甲店做看不出颜色的美甲，为了臭美在淘宝上注册账号买廉价的卷发假发片，用户名的开头是我的名字，密码的开头是她的名字，这个账号从高中的时候起一直被我用到了现在，每次登录输入密码的时候，我都会想起当年有两个高中女生戴假发手挽手逛街的事儿。中学生不允许烫发染发，她却悄悄去美发店把发根内侧挑烫成了玉米须，我们在家用卷发棒给头发做各种奇怪的造型，最后不小心烫到了脸。

我们一起去艺术学校参加集训，为了考美术学院熬夜画画血拼，在彼此疲惫低落的时候互相打气。

画画的人都会经历焦虑难熬的瓶颈期，每个人渡过瓶颈期的方式和状态各不相同，我通常是靠听动漫音乐，看日本漫画解压。原公子会一个人碎碎念，早餐不吃任何食物只喝白水，抱着板子画大量的人体速写小动态，扒拉着教室的铁柱子跳钢管舞，这个奇葩的男同学却在考进美院后小宇宙大爆发，成了世际诺亚的社长。还有长相斯文白净的泽泽，他的身上总是散发着淡淡的清香，类似于香皂和花露水，瓶颈期的他非常喜欢听萌妹子的歌声，看少女漫画，他在本科毕业后远赴日本留学专攻色情漫画，现在成了一名大学教师。还有每天催我们交速写作业的小组长三火哥，他用听音乐、唱歌、抽烟的方式来释放焦虑，金牛座的他并不是个贪财好色的男人，他贤惠又专一，据他说人在谈恋爱的时候，能从迎面吹过的风里面感受到花香的气息。至于帅气的班草虫儿会坐在椅子上整理思路，脸色非常难看，谁也没想到这个当年总是借我8B铅笔画速写，常常肉包子打狗有去无回的臭小子，后来成了粉丝破百万的网红画手花二轮。而陈娜丽莎呢，通常会一个人在床上练瑜伽或者听大自然的音乐独自打坐冥想，她是个韧带柔软的胖子，我有一次推开宿舍门亲眼所见她把脚放在头顶上。

　　我和陈娜丽莎常在晚上下课后一起去老美院的后街，买章鱼小丸子和烧烤，她是个无辣不欢的女生，吃小面的时候总会往面条里一点一点地加辣椒，直到那碗面变成一半清汤一半红汤，就像白居易写的诗，半江瑟瑟半江红。夏天大家一起去磁器口、交通茶馆写生，坐在磁器口的阶梯上画画，小腿被蚊子疯咬再拿起画板狂扇蚊子，坐在交通茶馆喝一块五一碗的盖碗绿茶，画那些下棋喝茶的老爷爷，"结构没整对，脑壳画大了，你们这些娃儿在画些啥子哦？我来给你画一张！"某些其貌不扬的老爷爷其实是美院退休的老教授，他们会抢过学生的速写板，现场做一张范画。

考上美院的那个暑假，陈娜丽莎请大家吃铁锅门，一大锅油煎大虾，混合了鸡翅，还有其他海鲜和素菜。

她进了工艺美术系，我进了自己热爱的动画系，晚上我去足球场散步的时候，常会看到她戴着耳机在欢乐地跑步，跑了一圈又一圈。她每天忙着用鸡蛋壳做漆画，做纤维艺术品，画各种装饰画。天性细腻浪漫，对色彩敏感的她做了一张全开的漆画，拿了全国美展的银奖。毕业后她结婚生子，有了一个非常可爱的儿子，还和老公一起开了壁画公司，追求品质的他们常常接到许多客户的订单。

"我只记得你吃啥都要分我一半，够我这个吃货感动一生了，高中的时候我生病了，你还给我做了杧果粥，味道很奇怪但却很暖心。"她对我说的这句话，就像阳光透过积尘的玻璃，照耀在一件珍贵的艺术品上，柔和又温暖。这些温暖关于画画和成长，关于漫长的青春期，也关于爱。

但惜夏日长

我们牵手在雨后的庄园里漫步，红色旧木窗和满墙碧绿的爬山虎无声地滴着雨水，空气里弥漫着淡淡的植物味道，这种细腻微凉的感受让我回到了五年前的夏天，那一场八月里的大雨，那张油画棒画的小熊和兔子，那个一瘸一拐艰难行走的我，还有坐在驾驶座上对我伸出手的他。

时光慢慢沉淀，五年前的一切仿佛触手可及，美好的回忆余温犹存，仍然能带给我源源不断地滋养和暖意。

和他相遇的概率大概是十万分之一吧。

大四开学的前一天，原本阳光明媚的天气突然变了脸，下起了瓢泼大雨。我拖着行李箱走到宿舍的时候，头发和衣服已全然湿透，黏糊糊地贴在皮肤上非常不舒服，就像置身于湿冷的天气，凉意透过皮肤一点一点地渗透进身体里。

洗完澡出来之后身上开始回暖，我吹干头发换上了一条干净的白色棉布连衣裙，从衣柜的收纳盒里找出了一双条纹图案的袜子准备穿上，我的右脚伸进袜筒里，脚心突然传来一阵锐痛，钻心的疼痛使我的右脚开始麻木，我立马脱下袜子来一看究竟，只见我的右脚心居然扎了一根短刺！这时候，一只颤颤巍巍的蜜蜂从袜子里飞了出来，我顾不上打死这只讨厌的蜜蜂，就开始在宿舍里翻箱倒柜，看能不能找到酒精一类的消毒液，我翻出来创可贴、纱布、感冒药、十滴水、西瓜霜，可偏偏没有酒精。

我只得坐在椅子上将刺拔出，一只脚穿上单鞋，另一只脚穿上拖鞋，打着伞往学校的医务处走去，到了医务处却发现大门紧闭，我又折返回去，一瘸一拐地往校外的医院走去。

我郁闷至极，心想自己怎么会这么倒霉，蜜蜂居然能钻进袜子里。走到校门口的时候，迎面走来一个女生和两个男生，那个女生时不时盯着我看，快要擦肩而过的时候，她突然转过头来问："请问你是不是微博上那个插画师恰吉丸啊？"

"对啊，你是？"我单脚着地重心不稳，抬起头一脸困惑。

"呀！真的是小清新学姐！我关注了你的微博，恰吉丸学姐好。"她的脸上有惊喜也有害羞，"我是大二的，有时候会在你的微博里看你发的画和你的照片，学姐你怎么了呀？"

"原来是学妹啊。"脚下的刺痛伴随着烧灼感，我只想打车快点离开，

"我的脚被蜜蜂蜇了现在要去医院，今天下大雨不太好打车。"

灰暗的天色，暴雨冲刷着马路和路边的树木，路上只有几个稀疏的人影，前方的灰色建筑变得模模糊糊。

"我送你去医院吧，我的车就停在附近。"学妹旁边的那个人突然开口了，"你们先去吧，晚上我们还是一起吃饭。"

"哦，好吧，那晚上见。"学妹和另一个男生打着伞转身走了，走了几步学妹突然回过头来望着我们坏笑了一下。

他坐在驾驶位上系好安全带，把副驾位上的抱枕随手丢到后排座。

车子的底盘有些高，我的手扶着座椅一蹦一跳地往车上挪，他看我另一只脚使不上劲就对我伸出了手，我迟疑了一下还是握住了这个陌生人的手。借着他的力量爬上了车，他手心传来的温暖和力量，仿佛让大雨中的湿冷气息退去了几分。对疼痛敏感的我全程瘫在副驾上，对他说了句谢谢之后便一言不发，我没有问他的名字，只是悄悄地转过头去看了他一眼，他戴着黑色的细框眼镜，挺鼻梁，大眼睛，有温和儒雅的书生气，上身穿了一件浅色亚麻短袖，有宽阔的肩膀和结实的手臂，就像山顶上一株高大挺拔的松树，沉稳有韧性。

他握着方向盘看导航，一路上我们没有说话。

到了医院他让我坐在椅子上等他，一个人忙前忙后，一切结束之后他把我送回学校，还给我买了一盒可爱的克努特饼干。那是我们第一次

大四的那一年，他给了我许多小惊喜

见面，重庆夏天的暴雨天气，2015 年 8 月 24 日，我觉得以后不会有交集，他却留了我的微信。

我把这魔幻的一天写进了日记本里："2015 年 8 月 24 日，超级倒霉的一天啊啊啊！被蜜蜂蜇了好痛，还好遇到一个好心人送我去医院。收到一盒饼干，看着五彩斑斓的饼干盒子，心情好像没那么糟糕了。"我用拍立得把那盒饼干拍了下来，把照片贴进了日记本里。

事后回想起来，那天的我胆子可真大，为了去医院想也没想就上了一个陌生人的车，这大概是人类强烈的求生本能吧。

我们就这样认识了。

他时不时出现在美院，我问他过来干什么，他说来学画画，当时的我居然天真地以为他就是过来学画画的，我还问他学的是哪个画种，跟着哪位老师一起学。他就笑一下，拿个画画的速写本给我看，我随手一翻，本子上全是潦草的彩色涂鸦，他还送了我一幅他用油画棒画的作品，画上是一只兔子和一只小熊在草地上野餐，那是一张不成熟却充满童趣的作品。

后来我才知道，那一年他结束了两个月挑灯夜战两眼发黑的状态，刚考上博士。一边读博士一边上班的他常常忙到没有周末。

有一天我们隔壁班的一个女生突然问我："那个男生是不是在追你啊？他长得还挺好看的。"

"啊？他没说要追我啊。"我有点惊讶。

"哎呀，你还不敢承认，这个男生一看就是内敛的人，表白肯定很含蓄了，加油，哈哈。"她半开玩笑地调侃。

如今回想起来，当年的我的确是个神经大条的女生，所有人都看出来他喜欢我，我却把他当成了可靠的朋友。熟悉了以后我还笑嘻嘻地拍着他的肩膀对他说："男孩子不要这么扭扭捏捏的，我的朋友都叫我陶哥，以后陶哥罩你！"他没有说话，低下头露出一如既往的温和笑容。

当年我觉得这个男生虽然不善言辞甚至还有点孩子气，但长得好看知识面也广，而且还超级细心，却没想到后来的五年里我们的生命会产生那么多的交集，如果要用一个词语来形容他，我能想到的就只有"死理性派科学家"了。时不时"一根筋"的他经常用我听不懂的中文跟我解释许多现象，例如人在用力甩头的时候可能会产生颈部挥鞭伤；脸部危险三角区的痘痘不能随便挤，不然细菌会进入脑膜；吃饭时嘴巴张太大会造成颞下颌关节紊乱；基因重组的时候，互换染色体会产生不同的结果；以及做小白鼠实验，如何让小白鼠患上抑郁症等种种细节，我听不下去的时候就会简单粗暴地打断他："每天待在实验室的科学家是不是脑子有毛病啊？你长得好看有什么用？智商高有什么用？你给我闭嘴。"

他立马就尴尬地转移话题了，问我最近有没有追什么好看的剧，女生喜欢吃哪种类型的零食。

周末的时候大家一起骑单车，他低头看了一眼我那辆印满了hellokitty猫的粉色单车说："小女生骑儿童车，呵呵哒。"实际上，买这

插画师恰吉丸

仍然要感谢某位80后科学家小哥哥的表白。他亲眼目睹了我惊心动魄的退婚事件，倒追喜欢了十几年的男生最后被拒绝的荒唐青春，却还可以温和淡泊的说："我就是喜欢她。"当我回过头，他一直都在。

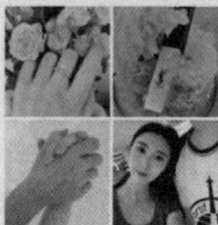

2020年5月19日 22:20

插画师恰吉丸

双色茉莉，小哥哥梳的麻花辫，几年前的凤凰眉碎花布衣，每天发现一份美好事物。

2020年6月16日 07:31

插画师恰吉丸

教小哥哥做饭的初衷是担心他以后一个人在国外没有人照顾他，可不管怎么教，小哥哥的厨艺巅峰永远只能停留在煮面条和番茄炒鸡蛋上，看着小哥哥每天工作都很辛苦不停地长白头发，我决定要好好的照顾我家小哥哥，日常做饭+捶背捏肩膀+讲段子笑话，希望小哥哥每天都健康又开心。🖤

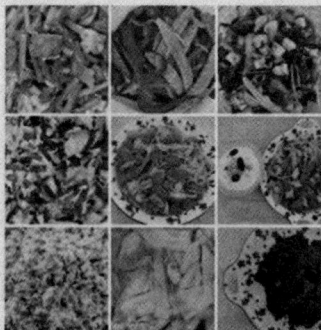

2020年6月20日 22:39

插画师恰吉丸

小哥哥又学会了一项新技能，给我梳丸子头，原来直男还知道ins网红头绳呢，哈哈。🖤

2020年6月26日 09:43

朋友圈记录的和他的日常

种比较矮的单车是因为我的平衡感和车技都很烂，人多了要下来，车多了要下来，坡坡多了也要下来，无法掌控路况的时候我就一个人默默地推着车往前走。他一路跟在我身后，我还嘲笑他车技比我烂，骑车又比我慢，却不知道他是故意放慢速度在等我，我骑不动下来推车的时候，他就和我并肩一起推着车往前走。

他看我气喘吁吁，就建议我们把车靠在足球场旁边坐下来休息一会儿。那一天阳光明媚，足球场上有奔跑着踢足球的男生，他开始有一搭没一搭地跟我聊天，聊八卦的时候我兴高采烈地跟他说我中学的时候有一个很喜欢的男生，最近我们要一起出去吃饭，不仅如此，我还让他帮我分析男生在约会时候的心理。

他一言不发，我还动手摇晃他，问他为什么不说话。

"我在认真地听你说啊。"他的目光转移到滚动的足球上，太阳慢慢下山，他突然伸出手在我的左脸上捏了一下，说要带我去吃饭。一路上我吧啦吧啦地说话，还给他看我喜欢的男生的照片，穿过路边那一排竹子的时候他突然问："你喜欢的那个男生，他知道你喜欢了他这么多年吗？"

"呃，他不知道。"我回答。

"感情的事情可能无法勉强吧。"他自顾自地说了这句话。

"你会不会说话！我和那个男生还没开始你就说这种话！有你这么诅咒朋友的吗！"我大声地吼他。

我以为他想表达的是我喜欢的男生不可能因为我单相思了很多年而喜欢我，就因为这句话我气呼呼地甩下他走了，他站在原地也没有追上来，那个晚上我们就这样不欢而散了。但我却不知道，那时候我说过的一些话的确刺痛了他，而他却无能为力，我不喜欢他这件事的确无法勉强，那句话，其实是他说给自己听的。

　　那天以后，他渐渐地从我的生活里退了出去，就像阳光隐没于树荫，虽然不起眼却一直都在，时不时闪烁着星星点点的微弱光芒，在我心情不好发负面情绪朋友圈的时候，他总会发消息来安慰我；在我因为工作熬夜半年导致免疫力低下，身上暴发玫瑰糠疹丑得连我自己都觉得不堪入目的时候，他却带我找医生还叮嘱我要按时擦药；他知道我喜欢几米的绘本，就买了《向左走向右走》的人物微景观盆栽给我；他知道我喜欢吃甜食和小点心，就开始关注一些甜点品牌和网红定制点心，还找到了网红雪花酥和一些奇特的甜点。

　　五年来，他总是在我需要他的时候出现，他在不断妥协，为我放下了原则和高傲，但那句"我喜欢你"却一直都没有说出口。后来我渐渐明白，一个人对另一个人的爱，除了一见钟情的心动，也有无限的包容和懂得。

　　他知道我和中学时候那个喜欢的男生看了一场电影，吃了几次饭之后就不了了之的事情，还知道我因为这个男生伤心地哭了一场。那个男生慢慢地成了我的心结，解不开也放不下，时间却过了一年一年又一年。

　　我开始有意无意地疏远他，故意不回他的消息或者过很长时间才回复，我希望他能有自己的生活。从某些方面来说我们非常的相似，例如专一、偏执、画地为牢并且无力自救，我们都在自我封闭，在患得患失和恐惧中渴望爱与被爱。他会因为我不回消息故意忽视他而情绪低落，也会因为我随手给了他一个小东西而开心很多天，他更是爱屋及乌，对我关系要好的朋友也非常周到。

三年后，感情经历并不丰富的我经历了一段旁人眼里看来彼此合适，但自己内心却毫无波澜的恋情，我还不断地给自己洗脑说最后走进婚姻殿堂的人都不会是当初喜欢的人，快要一年的时候，家里催着我们结婚，双方父母那种热切的眼神常常让我避之不及。未婚夫比我大了将近十岁，他在自己的专业圈子已有名气，事业正值上升期，每个月他都会带我参加一些聚会，我虽然不情愿却也不好驳他的面子，每当那辆黑色的林肯车停在楼下的时候，我总会出现条件反射式的紧张。

这种感受就像小时候常被父母强行拖出去参加大人的酒局和聚会一般，劝酒、喝酒、躲酒，装醉说醉话、说大话，大家再装作一团和气地散场，父母希望我变成一个成熟和圆滑，处理人际关系游刃有余的人。但成人世界的油腻和虚伪却让年幼的我感到无趣并十分反感。13岁那年我独自跟团旅行，旅行团里有跟我年纪相仿的小毅哥哥和谷姐姐，也有爸爸的同事，午饭时爸爸的一个男同事和我们坐在一桌一块儿吃饭，不一会儿他端起两杯啤酒，一杯递给我旁边的谷姐姐，另一杯递给了我，谷姐姐说我们都是中学生不能喝酒，他就开始巧言令色并以长辈的身份施压，最后谷姐姐面露难色，不得不端起杯子把那杯酒喝了下去。他见我不动声色，便把酒杯再次端起来递给我，但我的态度却非常强硬，在他把杯子端起来的瞬间我捏住了杯子的底部并把杯子强行按压了下去，杯底碰撞到桌面发出"砰"的一声，"我不喝酒。"我甩了一张冷脸给他。

回到重庆之后我跟妈妈说起这件事，我以为她会说你做得对，对付这种占小女孩便宜的老男人就应该强势一点，但妈妈却说："你这样很容易得罪人。"我哑口无言，亲人的愚昧和不作为比外界的伤害更具有杀伤力，我的内心好像被一个冰冷坚硬的东西击碎了。

我喜欢独处，喜欢一个人在家看书画画，未婚夫带我频繁地参加社交活动让我不愿意再和外界产生一点接触和关联，他开始大发雷霆，发上千字的长篇大论数落我，我们在家发生过很多次激烈的争吵，直到后来长达三个月的冷战，某些创伤被外界的事件再次激发的时候，我们会回到当初受伤时的孩童状态，紧张和压抑在一点一点消磨我们的感情。我想结束这段感情找回自己喜欢了多年的那个男生，挽回五年前的遗憾。那段时间我常常躺在床上，一躺就是一天，周围的空气仿佛一点点地被抽走，压抑又难受，我总是毫无理由地趴在床上哭泣。

即将筹备婚礼的前两个月，我们又大吵了一架，我在家里撕掉了所有的请帖，把婚庆用品砸得稀巴烂。我决定要从这段感情里抽离，过自己想过的生活，成为自己喜欢的样子，以后的每一天都为自己而活，一切事情都顺心而为。和未婚夫彻底决裂，互相删掉所有联系方式的那一天，我好像突然松了一口气，就像即将撞向山崖的车突然踩下了紧急刹车键，我得救了。

家人并不能理解我的行为，他们不明白我为什么要放弃一个如此优秀的男人，以至于在分手后我妈还劝说过几次让我们复合，但我却无动于衷，在我看来，他的优秀与否和我毫无关系，我并不想活在任何人的光环之下。相夫教子，三从四德，老莱娱亲，丈夫和父母永远扮演着绝对权威的角色，压得我喘不过气来，权威的一方永不妥协，更不会承认自己的过失，只会通过血缘关系、辈分，以及社会舆论给另一方施加压力，目的是继续控制对方，让其乖巧和顺从。父慈子孝，首先要父母慈爱，子女才会柔和温顺。我已经有控制欲强烈又固执的父母，有无法选择的原生家庭，余生我不会再选择一个控制欲强烈的伴侣，我会独立思考，有自己的感受和小情绪，我不是任人拿捏的橡皮泥，可以在他们手中被任意塑造成他们期待的样子。

重获自由的我日子过得还算平顺和安稳，他从其他朋友那里知道了我在家撕请帖又退婚的事情，没过多久我就收到了他的短信："小公主，你是我认识的所有女孩子里面最有个性的那一个，这么多年从未被超越，哈哈。"

"谢谢夸奖，你是我认识的所有读博士的朋友里，唯一一个不脱发的，这么多年也从未被超越，哈哈。"我给他回复过去。

他约我去海洋公园，我说我们还是去箭馆射箭吧。控制呼吸的频率，正视前方瞄准靶心的时候，我总能心无旁骛，平静而专注。一起吃晚饭，他不能吃辣椒却还是给我点了一份用生菜叶子卷好的香辣烤肉，他问我接下来有什么打算，我说要办一场小型画展和读者见面会，然给当年喜欢的那个男生表白。

他端起汤碗轻轻地吹开了浮油，喝了一小口汤，尴尬却不失礼貌地笑了一下，没有说话。

过了一阵他突然伸出手在我脸上用力捏了一下，半开玩笑地说了一句："小公主，你这不是喜欢，是执念啊。""你很烦哎，我说喜欢就是喜欢！"我反驳他。

那一刻就像回到了五年前的那个周末，我们一起骑车，骑累了就坐在足球场草坪旁休息的那个下午，我兴高采烈地跟他说我中学的时候有一个很喜欢的男生，最近我们要一起出去吃饭，他却自顾自地说感情的事情不能勉强，我生气地怼了他，然后我们不欢而散。

五年的时光转瞬即逝，但很多东西就和当年一样没有发生任何改变，依旧保存完好，比如爱和初心。

如今的我已不再是那个懵懂任性的大四女生，不会再因为他的一句话而话意气用事地丢下他离开，他也不再是那个正在读博一的死理性派少年，他比以前更平和柔软，也更感性。几个月后他发现我在微信公众号发了一篇名为《关于暗恋，十四岁的夏天》的文章，上面写了我和那个男生是怎么认识的，我怎么喜欢他，怎么去表白然后被他拒绝了，他知道这件事情已经尘埃落定，再无波澜。

我收到不少读者朋友的私信留言，她们看完这篇文章，回忆起自己青春时的单恋岁月伤心地流泪了，也有很多读者朋友鼓励我，告诉我未来一定会遇到一个爱我的人。与此同时流言四起，传出我放弃了学术圈高学历又多金的未婚夫，倒追喜欢了十几年的男生，最后被那个男生嫌弃，一手好牌打烂，女生倒贴就是不矜持的荒谬言论，我有口难辩也无心去争辩和澄清，我为自己喜欢了十几年的男生受尽了委屈，而这个男生却毫不知情，更不会站出来为我说一句话，心高气傲的我知道自己再也不可能回头去看他，我跟那个男生好好说了再见之后便决定再也不联

他手机里存的第一张我的照片，大二的时候在美院图书馆看书的我

系，那段时间有五位曾经被我拒绝过的男性隔三岔五给我发消息，最后却被我一一拉黑，我开始自我囚禁，别人进不来，我也出不去。

在与那个男生告别后的第三天我突然就生病了，正好赶上生理期，我在床上躺了一周无法站立和行走，只能吃流食，就像直立性低血压和从未有过的重度感冒，或许是那一阵子的极度痛苦郁结于心，让身心产生了损耗。

在家休养的一个下午，我突然收到了他的消息："你的身体好些了吗？我想来看看你，你不要多想，就是朋友之间的看望。"

进门的时候我发现他穿了一件浅灰色的棉布衬衫，那种颜色让人的心情格外的平静，他的手上提了许多水果和我喜欢吃的果冻、黄桃罐头等小零食，明明他是客人，见我精神状态不佳却让我坐在沙发上休息，他去厨房洗了手便走到橱柜里拿出我喜欢的草莓杯子倒热水给我喝。

"你博士毕业不是要出国了吗？"我捧着温热的杯子面无表情地问他。

"原计划是这样，要不是疫情影响，现在应该在美国的实验室待着。"他回答。

"哦。"我没有抬头。

我的手机屏幕突然亮了一下，有消息弹出来，是一条陌生的微博私信："从你的公众号翻到你的微博，看了你的文章和照片，男人不喜欢太清高的女生哦，难怪你喜欢了十几年的外科医生不喜欢你。"

我用了很长时间才得以平复的心情突然崩溃，就像冬天结冰的湖面开始有了第一条裂痕，大面积的冰层再一点点碎裂，一向大大咧咧的我竟然会因为陌生人的一句话而怒火中烧，把手中的玻璃杯摔碎在地上，然后蜷缩在沙发上开始哭泣。坐在一旁的他看到情绪失控的我非常惊讶，问我发生了什么事？顺着我的目光他拿起了我的手机，看到那条消息之后他直接卸载了我的微博，冷静地说："切断这些不必要的关联吧。"

切断不必要的关联，这句话在我听来一语双关，对内是修整身心，对外是划清界限。

我想自己当时的样子一定非常的失态，无精打采的素颜，愤怒的抽泣，而他一向谦卑温和，待人宽厚，望着他默默收拾碎片的背影我的鼻子有些发酸，他一言不发，用扫帚扫干净地上的玻璃碎片以后又蹲下身去仔细地检查了一遍地板，看有没有残留的玻璃渣。彻底清理干净之后他站起身来用手在我的头上拍了一下："小疯子，你晚上吃什么啊？快要六点半了。"

"不想吃。"我用手背抹了一下眼泪，往沙发里又挪了一点。

每到生理期的时候，闻到隔壁邻居家飘过来的烟味我都会产生干呕的反应，他在我身上盖了一条薄薄的毯子便走进厨房给我煮冰箱里的速冻馄饨，那一碗馄饨煮了将近 50 分钟，我昏昏欲睡，直到他把我扶起来坐到餐桌旁，我看着那碗黑色汤底的馄饨一脸嫌弃："有你这么煮馄饨的吗？还煮了 50 分钟，都被你煮成浆糊了。"

他愣了一下，开始认真又慢条斯理地跟我讲道理："我做饭的时候不多，以前都是爸妈或者家里的阿姨做饭，和他们相比我就是在汤里面多倒了一点点酱油而已，馄饨皮煮烂了是因为我怕煮不熟。"

"这个真的能吃吗？黑乎乎的。"我从黑色的汤底里夹起一个馄饨咬了一小口，被咬开的馄饨氤氲着腾腾的白气，隔着白色雾气我看了一眼他的脸，还是和五年前一样，细黑框眼镜下的清秀的脸，带着蓬勃的少年感，他看着那碗黑色的汤底，抿着嘴巴流露出一丝无奈的神情，他低头看了一眼自己的前臂内侧，有些发红。

"你过敏了？"我问。

"没有，刚才舀馄饨的时候被锅的边缘烫了一下，过一会儿就好了。"他不以为意。

我把他拉到洗手池用冷水冲他的手臂，然后挤了一点牙膏涂抹在他手上被烫红的地方，那个晚上，我们之间的磁场好像发生了微妙的变化，一向不把他当男生，在他面前口无遮拦，肆意妄为的我竟然有些不自在了，他也有所察觉，为了打破这种僵持的状态我转身去客厅拿纸巾帮他擦手臂上的水，擦着擦着他突然伸出手握住了我拿纸巾的那只手，我往后退了一步缩回了手，坐到餐桌前尴尬地捧着那碗馄饨对他说："你今天早点回去吧。"

拉扯的时候，他手心传来的温度和力量让我回到了五年前，他坐在驾驶座上对我伸出手的那一瞬间。

我想起五年前的一个晚上，我在考研班补习上课突然下起了大雨，我发朋友圈说"好烦哦，没带伞，一会儿又要淋雨回去。"下课出来的时候我发现他拿着伞站在补习班门口，提着热腾腾的姜茶和寿司。

我想起聚餐时他说的那句小女生做自己喜欢的事情就好了，赚钱养家是男人的事；我想起大四的圣诞节前夕他骗我说家里断网了，让我守在宿舍的电脑前帮他答题，实际上却悄悄出现在我的宿舍门口，送给了我一个饼干做的童话房子和一个大玩偶；我想起他说的能做朋友就很好，喜欢一个人本来就不求回报。

我心里的坚冰逐渐消融，眼底泛起了泪光，这些年，当我回过头，他一直都在。

我不敢跟他对视他却坐在了我的对面，语重心长的样子就像个长辈："像你这样高傲的女生，主动开口跟人表白一定用了很大的勇气吧，女生的话都说到这个份上了他还不领情的话，那就算了吧，你喜欢的那个男生，他不值得。"我们认识了五年，他的确很了解我，不管是我的衣食住行，喜欢和讨厌的东西，还是我那些不为人知的小情绪，他全部都懂，他总是第一个发现我不开心的人。

病好之后我渐渐放下了那段没有结果的十几年的单恋，或者说是执念，下定决心要开始自己新的生活，只是偶尔想起来还是会难受，会流眼泪。

那个晚上以后，我仔细回忆了一遍过去五年里和他的点点滴滴，某些外在的关联和内在的自我认知竟然逐渐清晰了起来，我决定不再逃避，开始正视这段感情和关系。

　　不久后我收到了他的表白："这些年我也不知道自己究竟喜欢你什么，就像是出于本能的喜欢，这大概是我喜欢一个女生最多的地步了吧，我在手机里存了几百张你的照片，工作累的时候就翻出来看一下，疲惫和烦躁就会有所缓解，这是我手机里第一张你的照片，在我心里会一直记得那个校园里的你，也会一直记得在校园里骑车散步的我们。"

　　他发过来的照片上的我剪着齐刘海，穿着竖条纹衬衫坐在图书馆的椅子上。

　　五年来，他的纯粹、柔软、稳定让我在这段分不清是友情还是爱情的感情里获得了归属感和安全感，喜欢一个人多年却爱而不得，最后终于有勇气说出口，我在他身上看到了曾经的自己，那一刻我突然理解了他，也决定要以爱回报他。

　　在将近十年的时间里我甚少回家，我在原生家庭中的创痛和缺失，在他身上却得到了很好的回应，我一直被他用爱治愈着，也对重新组建家庭和未来有了信心和期待，爱可以软化人心中的刺。

　　他把我们相遇的日子做成了星空图，挂在书房的墙壁上，那一天是2015年8月24日；为了给我编辫子、梳丸子头，一个工作超级忙的理科直男就用难得的休息日去精品店给我选可爱的发圈，还去网上搜盘发教学视频；对画画一窍不通却为了和我有共同语言，就在家模仿我画水彩头像和花朵，颜色在纸上涂不均匀丑得像鬼；他知道我睡觉不安分会踢被子，就半夜起来到我的房间悄悄帮我盖被子；在我生理期的时候不让我做任何事情，还帮我洗被血污弄脏的睡裙；我随口说了一句粉色系的口红好好看，他就跑去商场的专柜瞎选，直男分不清楚口红的色号就把三支全部买了回来；明明厨艺拙劣却非要在我面前"显摆"，一边查小红书上的食谱一边给我做早餐；感冒了不舒服还瞒着我非要开车带我出去玩儿，仅仅是为了完成我的一个小愿望；一下班了就马上回家变身黏人怪，我问他为什么不在外面玩一会儿再回来，他说我想早点回家看到你；死理性派的他偶尔撒娇卖萌的样子就像他给我买的hellokitty项链，男生是犬系，女生是猫系，乖巧又治愈的男生是hellokitty。

他说："你是一个很好的女孩子，做事情很执着也很有上进心，以前我不懂为什么触碰到原生家庭这个话题的时候你会如此极端暴烈，后来跟你相处那么多年我慢慢理解了你，你的父母渴望你出人头地，却又吝啬于付出，你从小就缺乏关爱，你的家庭教育是失败的。这么多年你拼命和努力并不是为了达到他们的认可和期望值，而是为了让自己的物质和精神同样富足，摆脱他们过好自己的生活，你的父母一直把自己当作绝对权威并且固执不变，即使是他们做错了也要你低头妥协，他们到现在为止都认为不愿意回家是你的问题，还通过社会舆论给你施压，他们不懂问题的根源是在于他们而并不在于你，他们到现在都没学会如何做一个好父母，你和他们能相处到什么程度就相处到什么程度吧，以后我们也会有自己的家。"

重新审视当下的自己，我的生命之轮因为一些意料之外的契机发生了扭转和改变，一些人和事让我对生命有了新的认知，让我想要更深入地了解生命和人性。我开始慢慢向内探索生长，而不是向外索取。

我们去了一些地方旅行。

我们在月色朦胧的海滩上散步，看过红色的月亮，我光着脚在沙滩上奔跑，也会蹲下来摸索着小海螺和贝壳；我们在江南小镇的青石路上奔跑，坐在河岸边吃苏式小点心；美丽的风景令人心驰神往，沿路的惊险和不确定更值得纪念，他知道我喜欢莫奈，就带我去了一个幽美僻静的庄园，庄园的不远处有一大片茂盛的玫瑰园，为了寻找这个玫瑰园，我们开过 360 度一圈又一圈如同鬼打墙的路，心中不仅忐忑还转晕了头，沿途经过鸣笛的铁锈火车轨道，荒凉的塌方山路，泥泞不堪的地段，也看见了路边大片茂密的玉米地，还有肆意盛开的格桑花。

感情中处于内省期的那段时间的确艰难，理科生喜欢讲道理，分析事情头头是道，而我觉得无关紧要的事情不值得争辩，我更不喜欢与人争论发生正面冲突，所以常常逃避，保持沉默不予理睬，有时候全程冷暴力。后来我们一起经历了那么多的美好与不美好，为彼此做出了许多改变、让步、妥协，甚至可以说是牺牲，我们意识到有得必有失，意识到我们在感情中可以变得平和而柔软，可以做最真实的自己。意识到可以舍弃外界的一些不必要的关联，内心轻松自在，保持正念始终如一。我们一起修正磨合，倾听对方的情绪和需求，给予彼此认同与关怀，为这段感情共同努力着。

这段感情里，我们是彼此的好朋友，是无话不谈的可以倾诉的对象，是缠绵热烈的恋人，也是安稳的大后方和家人。这种自在安稳的感受让我想起我最亲密的好友提子，在我最艰难的时候，有人见风使舵，搪塞推辞；有人迟疑，摇摆不定；有人看似知性文艺，实则内心无比油腻；有人吃相难看，利聚则来利尽而散。只有他，明知我前路未卜，却还是不求回报地帮我扛事情，他在我人生中的每一个至暗时刻，都用人性中最温暖光明的善意将我照亮过。

每一段感情里，我们都要得到爱，然后回报爱。

如果不是因为今年疫情的特殊情况，我们刚确立恋爱关系，他就要在国外的实验室辛苦地待上一年，因祸得福可以和他一起度过一年的平静时光，我也在力所能及地把最好的东西给他，陪他去想去的地方，带他去看他喜欢的钢铁侠和哥斯拉，理解他的孩子气并给予他母亲般的细心照顾。

每日份物质和精神都努力经营着，深夜炖煮红烧肉，桌前有书可读，有淡淡花香，也有他。我在家种了许多植物，双色茉莉和月季花开了一季又一季，爬山虎也从一根细条开始茂盛攀缘，爬上了外墙，榕树还长出了新叶子，所有植物在雨后都会散发着温柔的光芒。

我们还一起制订了健康计划，多喝水，多吃粗粮，煲汤，炖糖水，适当运动，晚上一起在家做各自专业领域的学习。能让自己的情绪彻底放松，内心获得归属感的地方，那就是家，当下或未来，即使我再次陷入黑暗和荆棘，也希望能把最美好和温暖的一面留给他。

慢慢的我理解了他说的和我一起生活的治愈感，大概是干净整洁的家、欣欣向荣的植物、厨房亮起来的灯、热气腾腾的饭菜，还有我躺在沙发上看书、蹲在阳台上修剪枝叶的样子。希望以后每一个闪耀或艰难的日子，都能手牵手一起走下去。

他在家的时候我总能睡得格外安稳，哪里有他在，哪里就是家。

第五辑　吉光片羽

谁的温柔年久失修

Michael 医生取下眼镜揉了揉眼睛，手表上的时间是 22 点 42 分。

最近下班总是这么晚，他站起来脱掉白大褂，把它叠好放进了柜子里，走出科室。

又是一个安静的夜晚，路灯就像疲惫之人那双渴睡的眼。他慢慢穿过医学院的那条路，街边高楼上的灯光逐渐熄灭了，如同夜风吹熄了蜡烛。凉风一直往他的脖子里钻，Michael 医生下意识地裹紧了薄外套，抬头望见月色朦胧。

这是 Michael 医生上班的第七年，他每天都往返于医院和家里，两点一线。

他的手机必须 24 小时开机，时刻保持待命状态。不论何时，只要科室打来一个电话，他就得立马赶往医院，疲惫又高压的生活常常让他觉得人生一片灰暗。他会因为神经衰弱而睡不好觉，一丁点儿的风吹草动都会让他从睡梦中惊醒，醒来后的他常会感到焦虑不安，这种难受的感觉就像女生攒了三个月的姨妈血流不出来，用两个字来形容就是憋屈。

Michael 是个天蝎座的冷脸医生，他的气质就像他身上散发出来的淡香水味道一样，舒适却让人有距离感，但仍有许多热情的女孩子不停地给他发消息。浪子回头金不换，美男回头大家看，女孩子也是好色的物种，她们会聚在一起谈论 Michael 医生的冷脸，谈论他的身材，谈论他那宽阔的肩膀和结实的手臂，以及在床上的体能和持久度。

当这些话题传到 Michael 医生耳朵里的时候，他的震惊程度不亚于有天文学家朋友告诉他，明天有彗星即将要撞击地球。

冷脸的 Michael 医生的确不容易让人亲近，他的洁癖和强迫症都已经到达了晚期。对光线和声音都同样敏感的他，睡觉前会将门窗密闭，并反复检查大门是否反锁，不管是在医院还是家里，他每天都会洗无数次的手，洗到手背开裂再涂抹护手霜；他的指甲很薄也很干净，有人怀疑他从来都不剥水果皮；他讨厌洗牙却总是去洗，因为洗了会吐血，但不洗又会有结石和牙垢，家里的床单和衣物经过洗衣机的洗涤后，他还会再用滚水烫一遍；他喜欢机械手表，喜欢意大利和日本手工点漆的鹿皮钱包；他很挑食，挑剔的不仅是味道，还有食物的外观，他会嫌弃餐厅的肉片切得薄厚不一而影响口感；他的原木色桌子上放着两副眼镜，一副是工作时候戴的细框眼镜，另一副是生活中随意佩戴的黑框眼镜，春夏时节他常穿棉布衬衫，冬天穿细腻的羊毛毛衣搭配纯色的细羊绒围巾。

他喜欢植物，喜欢写字，喜欢摄影，喜欢去健身房。

他讨厌咸蛋黄，讨厌家里凌乱，讨厌一切邋遢的人，他最讨厌的事情莫过于失眠。

生活中讲究到近乎作死地步的 Michael 医生，工作上却低调谦卑，处理问题从容不迫，冷静有耐心，他会事无巨细地考虑到每一件事情的细节和关键节点。他是个好奇心和精力同样旺盛的学霸，持续学习的状态堪比无限续航的充电电池，他的自律程度就和对待工作一样，严格又谨慎，他的脑袋里面只有病例、科研、学术。

最近他经常梦见无忧无虑的童年时光，梦见小时候的自己，和表哥一起捣蛋，去野外的小河沟里摸小虾小鱼，一起野炊烤香肠和玉米。

那时候的 Michael 医生不像现在这样严肃，他是个活泼阳光的小男孩，虽然调皮贪玩儿，但考试成绩总是排在年级的前十名。即使父母之间的关系并不融洽，他依然觉得自己很幸福，因为妈妈把所有的爱都给了他。每天放学回家的时候，妈妈总会接过他的小书包再给他一个拥抱，脸上堆满笑容："宝贝儿子回来啦！"他优越的家境和精明聪慧的母亲给了他良好的教养，指关节灵活柔软的他还会拉小提琴。

学生时代的他和现在一样挑食，他甚至会把早餐面条里的香菜末和葱花全部挑出来放在桌子上。家里的阿姨每天洗衣服、做饭、把家里打扫得一尘不染，细心地照顾他，周末会陪他外出打篮球，在他汗流浃背的时候，递过去一块毛巾。

他单纯而快乐的日子就好像望不到头。

直到有一天，救护车来了。妈妈的病床前站满了以各种理由想要推诿脱身的家里人，他站在走廊上，医生给年仅 18 岁的他说着两种有风险的治疗方案。

"需要做颅骨牵引。"

"需要做化疗。"

妈妈躺在病床上意识模糊。

妈妈是他唯一的亲人，他不能失去她。他蹲在病房门口，一边哭一边竭力让自己的头脑保持冷静。

闹钟把 Michael 医生吵醒的时候，他发现自己在流泪，于是起身洗了把脸，今天是开医生早会的日子，他没来得及吃早饭就匆匆开车出门了。车子开过医学院路的时候，他看到路上有来来往往的学生，就像当年的自己，本科，硕士，博士，一年一年又一年。最后他留在了医院，生活里只剩下几件事：临床，科研，上课，照顾生病的妈妈，他不再是那个阳光开朗的男孩，他变得沉默低落，生活每天都被乌云笼罩。

他有时候会翻看相册，回忆起大学的时光，那个夏天的夜晚，穿着白色连衣裙的班花在喝醉酒之后哭着跟他告白，还亲吻了他的嘴唇。

然而，三年的感情却花开无果。

专一的他陷入了和前女友的感情纠葛中，反反复复受伤，直到前女友结婚后的第二年，他终于决定要跟这段感情彻底告别。心灰意冷的 Michael 医生一直保持着单身状态，他对感情失去了信心，用忙碌的工作来麻痹自己，也拒绝了所有向他表白的女孩子。

时间就这样过了五年。

科室里有个可爱的小护士叫小娜，她常常给 Michael 医生剥水果、泡茶，在他疲惫的时候讲笑话给他听。有一天她告诉 Michael 医生，美术学院近期有个非常棒的画展，周末可以一起出去散散心，她还有一个在美院念研究生的朋友，可以当导游和画展解说员，对绘画领域毫无认知的 Michael 医生觉得这是个不错的决定。

周日的下午阳光明媚，小娜、Michael 医生、老杨一起开车来到了美术学院。

Michael 医生第一次走进美术学院这种地方，四处鸟语花香，空气清新，就像是尘境之外的人间仙境。这里和医学院的氛围截然不同，没有大体实验室的阴森冰冷，没有福尔马林和消毒水的刺鼻味道，没有严肃的课堂氛围，没有穿着白大褂和死神抢人的医生，没有疑难病例讨论，没有身上插着管子裹着纱布的病人，没有生离死别，没有病人家属的崩溃和哭泣。

美术学院的大门色彩斑斓，墙壁用彩色玻璃贴成了世界名画的马赛克，目光所及皆是青翠欲滴的绿色植物，有开着明艳黄色花朵的仙人掌树，高大的香樟，成排的银杏。女学生们扛着画板，骑着摩托车在校园里穿梭，她们涂着眼影和口红，戴着夸张的耳环，神色张扬，特立独行，看似与外界格格不入却充满了活力。

"美女好多！小娜，你怎么不早点带我们来美术学院这种地方。"站在 Michael 医生旁边的老杨心情大好，色眯眯地看着那些女孩。

"咳咳咳，杨医生，我们是来看画展的，请你正经一点好不好！艺术学府是高雅的地方，麻烦你不要这么下流！"小娜一脸嫌弃。

"哎呀，这你就不懂了，对男人来说，画画的美女比画儿更好看。"老杨继续笑嘻嘻地调侃。

Michael 医生笑了笑没有说话，他从口袋里掏出手机，拍了几张风景，又蹲下来拍了几张微距植物特写。

实际上，Michael 医生有时候会很羡慕老杨。老杨虽然嘴上油腻，但却活得自在洒脱，他热爱生活，热爱美女，在专业领域上没有过多的追求，也从未产生过以后要当主任的念头，业余时间他喜欢和老婆一起郊游，外出野餐，去果园采摘草莓，或者在家烤面包，种多肉植物。

顶着发福大肚腩的他，朋友圈却是一片岁月静好的小清新。

老杨每天来上班的时候都是人未到声已远。每当医生办公室的走廊上响彻着激昂的歌声，"哈啊哈，哈啊哈……西湖美景，三月天呐！"大家就知道是老杨来了。老杨跨进科室的那一瞬间，总会把白大褂往背后一提，大吼一句："不许动！科室里面所有的女人都是我的！"休息的闲暇时间，老杨会端个茶杯在每位女同事的旁边站上一会儿，笑眯眯地吹几句牛。老杨是科室里行走的笑料包。

Michael 医生看着艺术学院里这些将头发染成五颜六色，穿着奇装异服的女孩子，只觉得这样的青春过于张扬了。

"美院的路还挺绕的，我给我朋友打电话，让她出来当导游。"小娜拿手机拨通了梦竹的电话，"梦竹，我们到了，刚进校门口，这里有很大一面彩色墙，我也不知道是哪儿，你出来吧。"小娜一边说话一边东张西望。

"好的，我知道了，你们就站在那儿别动，我的师妹过来接你们，晚一点我们一起吃饭吧，导师这会儿叫我去她工作室一趟。"梦竹挂了电话。

一行人站在原地等了十几分钟，远处有一个女孩子不紧不慢地走了过来。Michael 医生望着那个走向他的女孩子，浅色公主袖上衣，藕粉色的纱裙在微风中飞扬，他的心里突然有点紧张。穿纱裙的女孩子走到他们面前，确认了一遍："你是小娜吗？"

"对对对，你是梦竹的师妹念念对吧？"小娜问道。

"嗯，梦竹师姐临时有事情，所以让我来接你们了。"念念说。

"这两位是我们同一个科室的医生同事。"小娜说。

226

"神仙姐姐你好啊！"老杨一见到漂亮的女孩子，眼睛总会泛起光，满是横肉的脸上堆满了灿烂的笑容，他对念念伸出手，有想要握手的意思。

"杨医生你够了！请你控制住你自己！"小娜把老杨的手打了下去。

"小娜，新认识一个朋友嘛，握个手怎么了。"老杨果然自带中年男人的油腻，一直往念念身边靠。

"不要这样。"Michael 医生拉住老杨，往前站了一步把念念护在身后，一张脸冷得像冰块儿。

老杨和 Michael 医生对视了几秒，他对 Michael 医生眼里的小怒火难以理解，愣了几秒之后，他的眼珠子一转突然明白了什么，笑了一下没有说话，继续吹着口哨大摇大摆地往前走了。

念念撩了一下头发，有隐隐的香气飘入 Michael 医生的鼻腔里，他不知道这是花果香调还是茶香调，只觉得心旷神怡。他发现自己不敢盯着念念的脸看，更不敢和她对视，直到念念转过身去和小娜说话，他才偷偷瞄了一眼念念的背影，那种感觉如同做贼心虚。念念的头发柔顺整齐地披在肩膀后面，一直垂到细细的后腰，阳光照在她白皙的手臂上，就像暖色光线透过了白水晶一样纯净无瑕，他观察到关于她的很多小细节，纤细光滑的小腿，耳垂上光泽柔和的珍珠耳环，十指尖上裸粉色的指甲油。

Michael 医生的目光游移在念念起伏流畅的背部线条上，他甚至感

227

觉自己的手已经触摸到她锁骨下方淡淡的青色血管。真是温柔的女孩子，就像山谷里的兰花，Michael 医生心想。

他的嘴角不自觉地上扬了。

念念带着他们在美术学院里参观，路过了长满了爬山虎的绘画楼教室，原生态风格的荷塘走廊，被彩色人体雕塑围起来的图书馆。美术馆的展厅里挂了许多不同风格和材质的艺术作品，念念热爱艺术，以至于她每次看展览的时候总会异常兴奋，她为大家讲解着不同的艺术流派，绘画媒介，还有美术学院的院系分类。

在 Michael 医生眼里，一路蹦蹦跳跳的念念就像一只活泼可爱的小兔子，念念转过身，抬起头望着 Michael 医生顽皮一笑，眼波流转。Michael 医生终于看清楚了她的脸。白里透红的皮肤，细腻的瓜子脸上几乎看不到毛孔，淡淡的棕色眉毛，卷翘的睫毛就像是洋娃娃，鼻子小巧而精致，口红的颜色清淡润泽，就像花瓣上的露珠，她是如此清新可人。

灯光透过幽暗的楼道，她一只手提着裙摆，另一只手小心翼翼地抓着楼梯的栏杆扶手。Michael 医生发现念念爬楼梯非常缓慢，并且会时不时地踩空。他跟在念念身后温柔地护着她，心里想着如果她不小心摔下来，他可以一把抱住她。

这种想法让 Michael 医生的脸有些微微发烫。进入了二楼的展厅，眼前一片开阔。出于医生的好意，Michael 医生开口问念念："你是不是有夜盲症？可以来医院做个检查，吃点维生素 A。"

"哈？"念念一脸大写的问号。

"夜盲症？"小娜和老杨都疑惑不解。

实际上，念念只是身体的平衡力差，小时候下楼梯曾扭伤过右脚，导致她上下楼梯总会紧紧地抓住扶手。

一向理性稳重的 Michael 医生不知道自己为何会说出这样冒失的话，不过后来他还是主动加了念念的微信。

Michael 医生 33 岁，风华正茂，他一口气翻完了念念所有的朋友圈，把她的照片存在了自己的手机里。他幻想着跟她聊天，走路的时候牵她的手，给予她关心和保护，他的目光像柔和的月光一样，落在念念穿白色连衣裙的照片上，这种美妙又亢奋的念头时常会让 Michael 医生陷入纠结中。

23 岁的念念，清水出芙蓉，就和他本硕期间在读的学生差不多的年纪。虽然一见钟情乃人之常情，但他晚上回家批改学生试卷的时候，还是抬起头骂了自己一句："斯文败类，衣冠禽兽！"作为一个严谨的学术派，他相信自从见到念念以后，自己的身体里就开始疯狂地分泌三种激素：苯基乙胺、多巴胺、内啡肽。

周四的午休时间，科室里只有 Michael 医生和老杨两个人。

"兄弟，你的身体是不是哪里有问题啊？或者说，你的性取向发生了改变？"老杨把自己的肥爪搭在 Michael 医生的肩膀上，另一只爪子抚摸着 Michael 医生的胸肌。

"简直没法聊！我的身体好得很！"Michael 医生一脸无语。

"此话当真？"老杨的目光移到了 Michael 医生的裆部，露出无比猥琐的笑容。

"注意你的行为，两个大男人在科室里面摸摸搞搞的，简直不成体统！"Michael 医生站起来甩开老杨的手。

"既然没问题就上啊！你还在等什么？"老杨摊开双手一脸无奈，"我33岁的时候，女儿都两岁了，你说你一把年纪了，居然能让自己单身这么多年，好歹是个男博士，你找不到女朋友吗？"

"上什么啊上！她才23岁！禽兽！"Michael 医生翻了老杨一个白眼，坐在椅子上突然发现自己说漏了嘴。

"嘿嘿，就是上次那个画画的女生嘛，我那天就看出来了，你的小眼神告诉我，不要动我的女人，哈哈哈哈。"老杨一边接热水一边嘲笑 Michael 医生，"男未婚女未嫁，喜欢就去追嘛，你一个大男人怕啥？你再不下手她就变成别人的女朋友了。"姜还是老的辣，老杨一针见血。

Michael 医生并不希望念念成为别人的女朋友，所以他是时候采取行动了。

第一次追女孩子，Michael 医生忐忑不安。最近仍然有很多女孩子约他看电影吃饭，他开始翻看那些聊天记录，看能不能从中学习一些搭讪的技巧和经验，并且在脑海里模拟了念念的一百种回复方式。

过了些天，还没等他开口就突然收到了念念的消息："Michael 医生，能不能麻烦帮我看一下这是什么啊？好像开始扩散了。"念念拍了一张照片发给他。他点开一看，念念的脖子和锁骨上有一些稀疏的红斑，"应该是玫瑰糠疹，你明天下午到医院来吧，我带你去皮肤科看看。"

Michael 医生加念念的微信是因为一见钟情，念念加他却是因为有一个医生朋友不是坏事。

Michael 医生觉得怎样都好，他不在意也不介意，他只希望每天都能见到念念，却又不希望她是因为生病而来的医院。

第二天，念念按照约定的时间来到医院。她穿着大圆领的粉色蕾丝连衣裙，风琴褶皱的裙摆，今天的她看上去有点憔悴。

"最近很累吗？你看上去脸色不太好哦。"Michael 医生问。

"因为在准备考研究生呢。"念念回答。她发现，今天穿白大褂的 Michael 医生好像比平时帅一点。

Michael 医生带着念念来到皮肤科，她把领口拉低给女医生看病情，露出了脖子和锁骨以下的部分，内衣的蕾丝花边若隐若现。

儿童，女性，男性，老年人。

Michael 医生理性而冷静地看过无数的临床病人，见过那么多的背部，腰，手臂，躯干，腿。

望闻问切，他观察病人的身体，分析情况，了解以往病史，病情症状，各类指标，切开的皮肤涌动着暗红色的血液，挖除肿瘤，腐肉，移植更换病变的器官，缝合伤口。他希望自己的每一位病人都可以康复痊愈，好好活下去。

当他看到念念莹洁光滑的脖子，清凉无汗的胸口皮肤，他觉得自己像是在仔细端详一件精致华丽的艺术品，那些逐渐扩散的红色斑点在他眼里像是粉色的草莓水晶。他的心底燃起了火焰，他确定自己已经爱上了眼前这位貌美又娇小的女孩子，他爱她身上的艺术气息，爱她的清雅脱俗，爱她眼睛里的光芒，爱她的声音，爱她的皮肤，爱她撩起头发的动作，爱微风吹起她裙角的那一瞬间，爱她儿时因为扭伤导致轻微变形的右脚踝关节。

他爱她的一切。

他开始沦陷和沉迷，不可自拔，却还要故作冷静。

"晚上要不要一起吃饭？"他们从医院的门诊大楼走出来的时候，Michael 医生微笑地问念念。

"好啊，你是不是快要下班了？"念念看了下手机屏幕上的时间。

"我还有一会儿，你能先去附近逛逛吗？我下班就来接你。"Michael 医生看见念念粉色的嘴唇轻轻说出，"好的。"他尘封多年的心突然透进来一丝暖暖的微光。

那是很多年都不曾有过的心跳和怦然心动。

射手座的念念并不是 Michael 医生眼中那个温柔的女孩子。真实的她热爱艺术，离经叛道，情感丰富细腻，独立率性又洒脱不羁。不管是看电影和文艺作品，她总能从中发现不同的笑梗，偶尔单纯冒失的她喜欢讲段子逗周围人开心。然而，表面的乐观只是她的保护色，她也有自己想要忘记和摆脱的过去，有时候，一些回忆会不经意间从她的眼前飘过，她会陷入悲观和负面的情绪中。

敏感的念念已经察觉到 Michael 医生对她的好感，但很长一段时间里，她都对他有所戒备。念念是个看过不少话本子的文艺女青年。她心想，小说里的爱情大多是高富帅不可救药地爱上落魄千金或者灰姑娘，爱到天崩地裂海枯石烂，经历意外，失忆，谎言各种曲折，冲破重重现实阻碍终于在一起。现实生活中，活泼开朗喜欢讲段子的文艺女青年遇到死理性派的学术闷骚男，估计不会有好结果。

她翻了一下 Michael 医生的朋友圈，一览无余的是各类的临床试验和密密麻麻的医学科普文，后来终于翻到一张他戴着蓝色手术帽的照片。薄薄的汗沾湿了 Michael 医生额头前的碎发，他的眼神如战士一般坚定。念念看着那张棱角分明的冷脸，她发现这个高冷傲娇的男医生长得还挺好看的，妥妥的冷脸帅哥。

Michael 医生自带的冷峻气场让念念有一丝压迫感，她的脑海里闪过一些惊悚的电影片段，例如变态医生的暗黑系人格，绑架解剖案，她倒吸一口凉气，开始自说自话："这货智商虽然高，但搞不好是个书呆子或者斯文败类，可远观而不可调戏，惹不起惹不起，我还是早点闪人。"

她开始和 Michael 医生刻意保持距离。外冷内热的 Michael 医生陷入单恋之后变得疯狂而热情，不管工作多忙多累，他每周都会频繁地往返于市中心和美术学院，仅仅是为了和念念见上一面或者吃一顿晚饭。

"我们还是做普通朋友吧。"晚饭后，念念和 Michael 医生一起走在美院的林荫路上，她突然开口了。

Michael 医生脸上的表情变得阴晴不定，他一路保持沉默，原本就无人经过的林荫小路，此刻越发安静了，淡淡的月光笼罩着茂密的树林和潮湿的泥土，草丛里只剩下蟋蟀在唱歌

"我自己回去吧，你就送到这儿好了。"念念停下来说完这句话转身就走。

"不许走。"Michael 医生一把抓住念念的手臂，将她揽入怀里深吻，他的舌头伸入念念的口中，炽热而灵活。天蝎座的爱是粗暴的占有，Michael 医生失控了，来不及挣脱的念念脑袋一片空白，她的心里突然有大片的春樱悄然盛开了，好像永不凋零。她感觉自己被温暖的潮汐所包围，温柔而窒息，即使就这样融化也无所谓。阵阵灼热感从嘴唇、舌尖迅速蔓延，直至全身。

热情和暴烈渐渐退去，Michael 医生松开了手，念念睁开眼睛，惊魂未定。她回过神来道："果然是斯文败类！你居然敢耍流氓！"应激反应

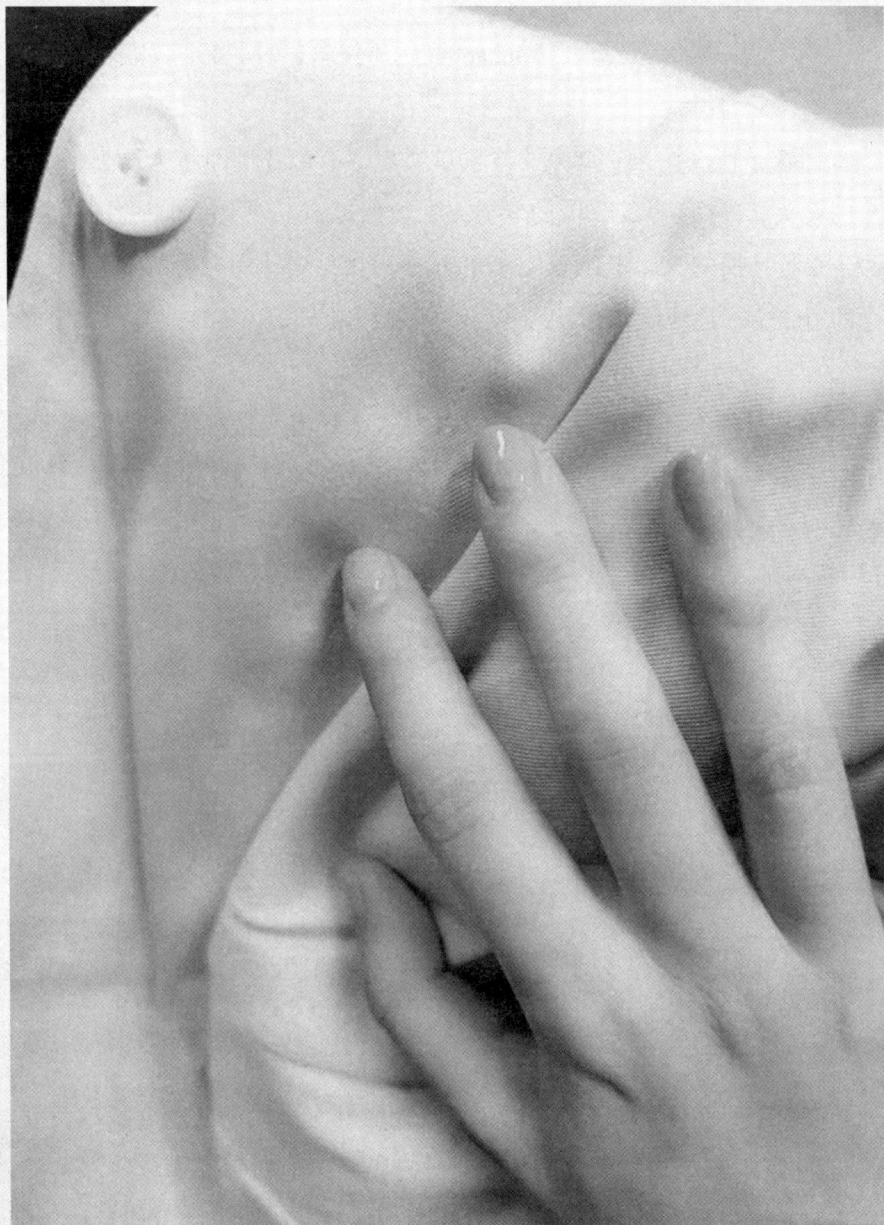

椅子靠背上的白大褂

下的念念瞬间暴露了本性，抬手就想打人。

"女人就是口是心非。"Michael 医生抓住念念的手腕，"跟我回家。"

回家是什么桥段？此刻念念的脑袋里只有港片绑匪将人质强行绑上车的镜头，"你这个没节操的老男人，居然想霸王硬上弓！"被 Michael 医生强行拖拽的念念宁死不从，Michael 医生站定，用有力的双手扶住念念的肩膀，平静地说："以后，让我来照顾你吧。"

这又是什么梗？硬的不行来软的？这个腹黑变态医生也切换得太快了吧。那个晚上，不知道是月色正好，还是暖风撩人，坐在副驾上的念念神情竟然开始恍惚，她不知道会被 Michael 医生带去哪里，却还是义无反顾地跟他走了。

一进门她就看见一双崭新的卡通兔子头珊瑚绒拖鞋。"我知道你喜欢粉红色，这是给你准备的，平时家里没有人来。"Michael 医生说。

"你怎么知道我喜欢粉红色啊？"这个小细节让念念非常开心。

"你喜欢的颜色，内衣的尺寸，生理期的时间，我都知道。"Michael 医生仍是一脸云淡风轻，换了鞋子就去给念念倒水。

面对细心缜密的 Michael 医生，一向爱开车讲段子的念念哑口无言。Michael 医生家里是木质色调的装修，有干净的地板和原木色实木桌子，桌子上放着新鲜的水果，墙壁上有简洁的挂画，阳台上养着绿色植物和仙人掌，卧室和书房都有订制书架，架子的隔层放满了书，有健身、摄影类书籍，还有很多科幻小说。厚厚的医学类书籍被放在书架的顶层，让念念印象深刻的是一排清一色的蓝色封皮书：妇产科学，儿科学，外科学，药理学，神经病学，内科学。

Michael 医生说，学完课本上的知识就像是谈了一场蓝色生死恋。念念觉得谈生死恋实在是太凄惨了，于是掏出包里的可爱小玩偶放在 Michael 医生的书架上。念念还发现，Michael 医生的衣柜里没有几件衣服，冰箱没有食物和蔬菜，只有一些速冻食品，其他隔层都是空空的，厨房的餐具、洗漱用具，喝水的杯子也都是一人份。所有物品上都是简洁的花纹，整洁中带有落寞的气氛，就像是单身五年的 Michael 医生，整个人看上去是重灰色调，没有生机和活力。

他们坐在浅米色的沙发上喝水，有洁癖的 Michael 医生，第一次让其他人用自己的杯子，他看见陶瓷杯的边缘沾染了念念的浅粉色口红印，好像有一只惊鹿闯进了 Michael 医生的心里。念念带过来一本小说，帕·聚斯金德的《香水》，一个谋杀犯的故事。她缓慢地翻动着书页，给 Michael 医生描述着小说里面的情节，还说了一堆自己喜欢的味道，茶香，茉莉花，香柠檬，念念是个喜欢香氛和香水的女孩子。

她抬头发现 Michael 医生正用宠溺的眼神望着自己，念念心里一惊。

"我读错字了吗？"念念有些紧张。

"没有。"Michael 医生用手轻轻抬起念念的下巴，吻了过来。

"啪嗒。"念念手上的《香水》掉落在了地板上。

念念纤细的手搭在 Michael 医生的胳膊上，像爬藤植物一般向上攀缘。Michael 医生浅蓝细纹的棉布长袖衬衫下，包裹着他健壮结实的手臂，这种硬朗的手感令人浮想联翩，念念闭上眼睛，脑海里竟然浮现出米开朗基罗创作的大卫雕塑。那个深情而缠绵的吻结束以后，念念有些微微颤抖，一向以冷脸迎人的 Michael 医生眼神开始变得迷离。

　　"我要去洗把脸。"念念心跳加速，面红耳赤地站起来。

　　"小兔子，回来。"Michael 医生也站了起来。念念往后退一步，Michael 医生就逼近一步，直到念念被 Michael 医生按在墙上狂吻，她起伏的背部不断触碰到客厅吊灯的开关，房间内的灯光忽明忽暗。

　　浴室里蒸腾着散不开的水气和香气，Michael 医生坐在沙发上一边看书，一边听着哗啦啦的水声，心中暗暗窃喜。

　　"喂！医生洗澡都不用毛巾的吗？"念念的声音从浴室里传出来，Michael 医生起身走进浴室，敲门后将叠好的浴巾递了进去，念念沾着水珠的白嫩手臂伸了出来，就像无瑕白玉上滴落的琼浆，Michael 医生如躲猫猫一般推开了浴室门，一把将门口的念念扯入自己的怀中，四目相对，他望着她泛红的脸，嘴角微微上扬道："羊入虎口，你是我的了。"

　　果然是冷脸学术闷骚男！念念被抱到床上，身上的浴巾被 Michael 医生一把扯掉，她下意识地抓过旁边的被子挡住身体道："我有点冷。"Michael 医生眼中的念念就像只受惊的兔子，他想起了自己在实验室里捉新西兰大白兔做实验的时候，眼前这个女孩就是他的小白兔，他修长的手指探入被子里摸索，牢牢地握住了念念的脚踝。

"我要逮兔子了。"Michael 医生的眼里流露出暧昧不明的神色。

"啊！"念念被 Michael 医生拖着脚踝从被子里扯了出来，不是衣衫不整，而是一丝不挂。

Michael 医生一个翻身压了上去。这进展也太快了吧！念念恍然若梦，算了不管了！神挡杀神，魔挡杀魔，这个闷骚冷脸的帅哥医生，今儿个我要收了他！

Michael 医生的炽热坚挺渐渐与念念的身体融合，疯狂地索取和掠夺之后，他身体中的热浪渐渐平息了下来。精疲力竭的念念沉沉地睡去，睡梦中见到古代皇帝翻嫔妃牌子的场景。大猪蹄子又在祸害良家少女了！这些皇帝，要是面容俊俏，器大活好也就罢了，偏偏大多是老牛耕春田！

只见大猪蹄子愤然起身拂袖而去，脸色凝重。这人好面熟，念念定睛一看，这个大猪蹄子居然是 Michael 医生！嫔妃被送回自己的宫中，第二日清晨太监便来宣读圣旨："泼妇性情乖张，无德侍奉君上，褫夺封号，打入冷宫，无朕传召不得步出冷宫一步！"那位嫔妃俯身端端地跪着接过圣旨，太监一走便昂首挺胸地站起身来，潇洒地拍了拍膝盖上的灰尘，道："打入冷宫才好呢，省得我成日里在这鬼地方提心吊胆地拼演技。"

这嫔妃可真有意思，念念笑道："女中豪杰啊！我敬你是条汉子！哈哈。"那位嫔妃转过身来，念念发现她的容貌竟然和自己一模一样。什么？大猪蹄子是 Michael 医生？嫔妃居然是我？这是什么梗？明明昨晚才欢乐地滚了床单，我居然这么快就失宠了？这个渣男！

念念从气愤和慌乱中醒来，这个梦的代入感太强烈，她掀开被子四处寻找 Michael 医生，披头散发的她发现自己穿着一件宽松的男士衬衫，她听到厨房传来一阵阵油滋滋地煎炸食物的声音，Michael 医生戴着围裙在做鸡蛋吐司，她望着他的背影开始发花痴，下厨房的男人最帅，此话不假。

Michael 医生和念念的同居生活开始了。

去复印店打印资料的时候，念念总会忘记带走 Michael 医生的 U 盘；Michael 医生说手腕很累，眼睛干燥，念念就送给他粉红色的兔子鼠标护腕垫和小兔子的加湿器，Michael 医生看了之后的第一反应是："粉红色不是小女生用的吗？"可后来他还是很开心地用了起来；他不吃零食，念念却在他白大褂的口袋里塞了她觉得世界上最好吃的大白兔奶糖，后来奶糖融化，粘在了 Michael 医生的手上，Michael 医生给念念打电话："你这个小东西，又干了蠢事。"

念念常会一个人在家研究各类中西餐菜谱，在 Michael 医生下班回家之前做好晚饭，站在门口开心地迎接他，接过他手上的东西；也会早起准备丰富的早餐，没睡醒的时候，念念会把做好的早餐放在桌子上，继续躲回被窝里睡觉，有时候 Michael 医生会把念念从床上拖起来，一脸赖皮地要她陪他吃早饭；晚上念念会给 Michael 医生讲故事，或者一起看绘本和漫画，在他快要睡着的时候，念念合上书，在 Michael 医生的脸上亲一下，穿上拖鞋轻轻关好他的房间门，再回到自己的房间。

在家收拾杂物或者在厨房做饭的时候，客厅突然会传来："妈，我给你说……"这时候念念会放下手里的东西，坏笑地看着 Michael 医生："儿子，怎么了？"当她反应过来，总会一脸尴尬地笑道："家里有人在收拾或者做饭的时候，我总感觉是我妈。"医生的工作几乎忙到全年无休，每周开早会的时候 Michael 医生会起得更早。

每天早上出门之前，Michael 医生都会在念念的额头和手背上亲一下再走。

Michael 医生值夜班的时候念念会去陪他两个小时，每次去的时候念念都会带上很多吃的东西。有一次 Michael 医生推开值班室的门，看到桌子上一片"灿烂"，他走过去拍了一下念念的头："小东西，你居然在医生值班室吃麻辣烫！味道这么大。"

"嘿嘿，要不要一起吃？"念念把筷子递给他。

念念装作医学生混进医科大学的教室，每次都坐在第一排听 Michael 医生讲课，没有课本的念念总会带一个速写本去画画，一直画到下课，学生在讲台上问完问题，她和 Michael 医生会一起走出教室，慢慢地在校园里闲逛，去足球场散步，在球场的沙池里画画，画打仗的小人儿，画各种表情包。

一起去海底世界，念念拉着 Michael 医生趴在玻璃上看各种美丽的海鱼和水母，还有胖胖的企鹅，她把"棘皮动物"念成了"赖皮动物"，后来 Michael 医生给念念取了个"小赖子"的外号；一起去热带雨林公园观光，路中突然蹿出来的蜥蜴把 Michael 医生吓了一跳，念念牵着 Michael 医生的手，一边用雨伞驱赶着蜥蜴；一起去看画展，Michael 医生对艺术慢慢地有了更多的了解，他突然说："我觉得你们画画的人还挺厉害的，艺术可以和生活的方方面面产生联系。"看电影的时候，Michael 医生总喜欢选择科幻大片或者英雄主义题材的影片，喜欢钢铁侠的他还买了钥匙链之类的周边。

不管是逛街吃饭还是出差，Michael 医生都希望念念能形影不离地陪伴着他。在念念面前，Michael 医生是个喜欢撒娇，可爱又黏人的大男孩。念念有时候觉得一辈子就这样过去也很美好。

后来，念念为这段感情放弃甚至可以说是牺牲了很多的东西，其中也包括去外省读研究生的机会。这件事情让念念和 Michael 医生之间有了隔阂，也成了感情破裂的导火索。

"好的感情不是一个人走上坡路，另一个人却一直走下坡路，你的工作在上升期，你读完博士就要出国，你有自己的规划，你有没有想过，我喜欢画画，我也有自己的梦想啊！"念念在家哭闹，那天的争吵非常激烈。

"我对你不够好吗？我一直在尽全力地保护你，照顾你，想给你一个温暖的家啊。"Michael 医生说得没错，和念念在一起他就像养了个女儿。这段感情里，不论是时间，金钱，还是精力，他都毫无保留地付出过，他一直在给予念念他认为最好的东西，他很单纯，喜欢一个人就会一心一意。但他也希望念念以后的工作不要太忙，可以花更多的精力照顾家里。

"我不想再为了你放弃任何东西了！"念念大声吼。

"随便你！世界上不会有人再对你这么好了！"Michael 医生摔门而去。

每个人的执念，都是自己童年，或者成长过程中所缺失的东西。

年少时的 Michael 医生，家境优越却并不幸福，他的记忆中，家里每周都充满了争吵和肢体冲突，战火弥漫。爸爸的性格孤僻暴躁，他成长过程中所有的关爱都来自于妈妈。妈妈病了之后，他的生活陷入了灰暗，身为医生的他不忍心看着妈妈经历痛苦的化疗，在妈妈病情疑似复发的时候，他辗转反侧，半夜从床上坐起来偷偷抹眼泪，念念轻轻拍着他的背安抚他，用纸巾擦掉他眼角的泪水，抱着他入睡。

Michael 医生的头埋在念念的脖子里，他的眼泪流到了念念的头发上。很长一段时间，念念都陪着他上下打点，东奔西跑，希望能找到更好的医疗资源，延长妈妈的生命。

念念每次离开常住的区域，外出办公或者与朋友见面，他都会每隔两个小时打去一通电话过来，问她什么时候回家，需不需要他来接。有一天他对念念说："我是医生，见惯了生离死别，你和妈妈都是我的精神支柱，不能出任何差错。"

Michael 医生想要一个温暖平静的小家，每天回家能看到自己爱的人，还有一桌子热腾腾的饭菜，以后还会有可爱的孩子。他想拥有许许

多多温暖踏实的小确幸，冬夜里，手伸进被窝里感受到的伴侣的体温，木茶几上杯子里的热水，每天早上多留一份的早餐，洗澡出来的时候叠好的睡衣。

而念念在一个缺乏认同感和关怀的家庭里长大，即使她学生时代拿回了那么多绘画和作文比赛的奖项，却总被挑三拣四。

念念的爸爸受过很好的教育却非常强势，他认为念念选择画画是因为文化课不好，他嘲笑念念想当作家的梦想，当念念出版第一本书的时候，念念以为他会说女儿真棒，可他问的却是你出书赚了多少钱。妈妈的情商低得出奇，并且总是和爸爸统一战线，念念不明白，为什么爸爸同事的儿子暑假可以不用上任何补习班，整个假期就躺在沙发上一边喝他爸爸的红酒一边看电视，妈妈同事的女儿可以整天在家打游戏、吃零食，把家里弄得一片狼藉后还要父母回去收拾做晚饭。

而念念呢，中学的周末回家给妈妈做午饭，有一次炒好菜之后忘了煮米饭，妈妈的脸色就变得阴沉难看；念念在家用洗衣机洗衣服被责怪浪费水，让她用手洗；高考以后，大多数同学的父母不论孩子的考试成绩如何，都会带他们出去旅行一趟。念念的高考考了两次，落榜的那一年她的情绪极度低落，可父母在外人面前也毫不顾及她的颜面和感受，面对那些对高考分数刨根问底的好事者，妈妈的反应不是敷衍几句拉着一脸厌烦的念念离开，而是反问念念："别人问都不能问吗？"有一天念念哭着回去了，过马路的时候她甚至希望迎面而来的汽车撞死自己。复读的那一年，念念为了高考每晚挑灯夜战，做她非常讨厌的数学题，过度的劳累让她暴瘦 16 斤之后拖垮了身体，最后终于金榜题名，面对面色憔悴的念念，父母却没有说出去旅行放松一类的话，而是说你去年没有考完的驾照今年可以继续考了，但念念却已经不想再参加任何考试。每次跟家里发生激烈的争吵以后，念念都会出现自杀的念头，甚至有一次绝食三天，躺在床上不起来。

漫长的成长岁月里，念念对父母一次又一次的失望，导致她和原生家庭的感情疏离，考上美术学院以后几乎不回家。

后来念念生病了，妈妈却觉得并无大碍，随意地带念念去看中医，让她喝毫无针对性的中药，但念念却发觉自己越来越不对劲，西医建议家长带念念去做脑部检查，念念的妈妈却认为医生危言耸听，又拖了大半年念念的身体还是不见好转，她开始激烈地要求妈妈带自己去做全身检查，拿到检查结果的那一天她有些心灰意冷，如果早些治疗或许不会像现在这样糟糕，后来的好几年里，她的身上总是带着药片，每次服药之后她都忍受着剧烈的药物反应。

她开始心生恨意，想要彻底从原生家庭里抽离，不论是精神还是物质，她都渴望独立。她想拥有一份属于自己的事业，这份事业里有热爱，有情怀，有一群志同道合的伙伴，可以让生命绽放出更多可能性，同时让她获得巨大的财富。

即使 Michael 医生给了她那么多的照顾和关怀，但她的内心仍然空洞并且缺乏安全感，她知道，只有自己足够强大的那一天，她才会有真正的安全感，她从不希望依靠任何人。

一个女生如果能迅速地成长起来，一定是经历了非常痛苦的人生低谷，同时也经历了爱。

念念开始创业，一年以后她的事业蒸蒸日上，一个晚上，极度劳累的她却失眠了，她的眼前开始浮现出 Michael 医生的笑容和过去的点点滴滴，她将手伸到右边的被窝里，空空的床单上却没有 Michael 医生的气味和体温。

在一起的好几年里，每年的情人节、七夕、新年、甚至是儿童节，念念都会收到的 Michael 医生的礼物和惊喜；她梦见几年前的冬天，她和 Michael 医生一起坐在山上的书店看书，阳光透过巨大的玻璃落地窗照在他们身上，窗外是一片青翠茂密的竹林。

她坐起来，蹲在阳台上静静看着植物的叶片，她想起曾经和 Michael 医生一起在家种多肉植物的时光，她在换盆移栽的时候，不小心碰掉了"熊掌"上的很多叶子，那是 Michael 医生最喜欢的植物，Michael 医生像个孩子一样一边去捡地上掉落的肥厚叶片，一边心痛地说着："啊，我的熊掌！"

念念开始情绪失控，一个人躺在床上崩溃大哭。

她给最好的朋友发消息："我是不是做错了？如果让我放下输赢，放下精明和理性，变回以前那个单纯的女生，是不是可以换回一个爱我的人？"

这段感情里，她和 Michael 医生都毫无保留地为彼此付出了太多，亏欠了太多。他们都曾把对方融入了自己的生命。时光如果能倒流，她希望自己能和 Michael 医生在这段亲密关系里共同成长，不再有遗憾。

那一刻念念希望自己变得市侩和世俗，变成一个开口让 Michael 医生买东西就会满足的女生，她可以不读万卷藏书，不懂艺术，不懂茶道和插花流，不懂诗词，不懂木心和纳博科夫，她没有野心，就当一个安分守己的普通女生，有一份简单的工作，结婚生子。

　　后来她发现自己做不到。

　　半年后的晚春周末，她收到了 Michael 医生的消息："这些年我爱你，一直都一心一意，就算我知道你心里有其他打算，但我还是想要跟你结婚，想要跟你共度一生，可能我上辈子欠你的吧。"

　　那一天，念念发现自己好像找回了童年时候那几块缺失的拼图，它叫作耐心，温柔，还有爱。

　　她回复道："石头也可以被磨平棱角，谢谢你那么爱我。"

　　重逢的那一天，Michael 医生带着念念去了一个湿地公园，念念看着 Michael 医生像个孩子一样在草地上奔跑，时不时弯下腰观察地上的香樟落叶，有阳光照在他脸上，温暖又纯粹。